呪術廻戦《じゅじゅつかいせん》

逝《ゆ》く夏《なつ》と還《かえ》る秋《あき》

芥《あくた》見《み》下《げ》々《げ》
北《きた》國《ぐに》ばらっど

JUMP j BOOKS

呪《じゅ》術《じゅつ》廻《かい》戦《せん》 人《じん》物《ぶつ》紹《しょう》介《かい》

「呪《のろ》い」。
辛酸・後悔・恥辱…。人間の負の感情から生まれる禍々《まがまが》しきその力は、人々を死へ導く。
驚異的な身体能力を持つ高校生の虎杖悠仁《いたどりゆうじ》は、自身の高校に現れた呪霊《じゅれい》を倒すため、強力な「呪物《じゅぶつ》」・両面宿儺《りょうめんすくな》の指を飲み込み、宿儺と肉体を共有してしまう。祓《はら》われるかと思われた虎杖だが、対呪いの専門機関「呪術高専《じゅじゅつこうせん》」の五条《ごじょう》により、呪術高専へと転入。同学年の伏黒《ふしぐろ》、釘崎《くぎさき》と共に呪術《じゅじゅつ》を学ぶこととなる。

特級呪霊《とっきゅうじゅれい》
真《ま》人《ひと》
呪術高専《じゅじゅつこうせん》一年《いちねん》
伏《ふし》黒《ぐろ》恵《めぐみ》
一級呪術師《いっきゅうじゅじゅつし》
七《なな》海《み》建《けん》人《と》
呪術高専《じゅじゅつこうせん》 補助監督《ほじょかんとく》
伊《い》地《じ》知《ち》潔《きよ》高《たか》

呪術廻戦《じゅじゅつかいせん》

逝《ゆ》く夏《なつ》と還《かえ》る秋《あき》

第1話　休《きゅう》日《じつ》徊《かい》詮《せん》

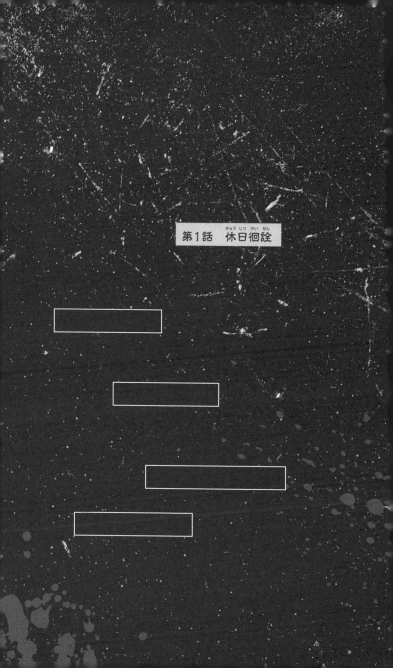

現代で数少ない〝確実なこと〟といえば、せいぜい三つ。

水戸黄門《みとこうもん》が勝利すること。

日曜にサザエさんがあること。

そして、釘崎野薔薇《くぎさきのばら》の買い物が長引くことだ。

そういうわけで伏黒《ふしぐろ》は、釘崎が「アメ横《よこ》を見たい」と言い出した時点で長丁場《ながちょうば》を覚悟していた。それはもう、五条《ごじょう》が日曜の朝、唐突《とうとつ》に「恵《めぐみ》、パルケエスパーニャ行こうか」などと言い出した時並みだ。

予想外だったのは、虎杖《いたどり》が乗り気でなかったことだ。

テレビっ子である虎杖なら、アメ横というミーハースポットに興味を示すと思われたが、

「いや、俺、別に行ってみたいとこあるんだけど」

「あ、そう。じゃあ後で待ち合わせにしましょ」

とのことで、あっさり別行動という運びになった。

虎杖と釘崎に挟みこまれ、普段の騒がしいノリに巻きこまれるのを当然と受け入れ始め

ていた伏黒としても、ひじきに実は鉄分が少なかった事実程度には意外だった。

もちろん、これ幸いと伏黒も一人で行動しようと考えた。

さっさと家に帰って、先日買った文庫本の続きが読みたかったし、机の引き出しやクローゼットの整理をしたかった。

ところが、基本的にはまじめな伏黒である。

宿儺《すくな》の器《うつわ》である虎杖を一人にしていいものか、という懸念《けねん》が、どうしても頭をよぎる。

上野《うえの》、御徒町《おかちまち》近辺といえば、活気と歴史の同居した町。

戦後のマーケット街から現代まで続く賑《にぎ》わいには、妙な怪談などが横行して呪いが不発弾的に潜伏《せんぷく》している可能性もある。

まして、ちょっと目を離すとクソダサいサングラスを買ってくる虎杖であるし、立川《たちかわ》を「実質新宿《しんじゆく》」などと言い出す虎杖である。うっかり千代田《ちよだ》区まで迷いこもうものなら、ありがたいスポットと思いこんで将門塚《まさかどづか》でインスタ映《ば》えしていてもおかしくない。

そういうわけで、虎杖の方について行くことにした伏黒だったが……ぶっちゃけた話、後悔していた。

「それにしても伏黒、アキバに興味ねーっつーならなんでついて来たんだ？」

「うるせぇ、気にすんな」

「そっか。いや俺はいっぺん来てみたかったんだよなぁ、アキバ」

「買いたいモンでもあんのかよ。たぶんマンガとゲームと家電しかねーぞ」

「え、観光だけど。渋谷《しぶや》とか新宿もいいんだけどさ、やっぱテレビとかで見てるとアキバは異世界感が強いっつーか、ちょっとしたテーマパーク感あるじゃん」

「そういうもんか」

都内に住んでいるとピンと来ないかもしれないが、事実、秋葉原《あきはばら》は変わった街である。駅前の空気は殊更《ことさら》に独特。アニメ文化に染まっているのはもちろんとして、とにかく広告の情報量がえげつない。

所狭しと笑顔を振りまくゲームキャラクターの看板は、確かに街全体にテーマパークのような印象を与えないでもない。

他に挙《あ》げるなら、密度の高い人混みの中に、時折混じるコスプレイヤー。集客のビラまきに余念のないメイドたち。珍しい外車が車道を走っていったかと思えば、なぜか巨大ロボの大型模型がトラックで搬送されていたりする。

そんな街で虎杖の好奇心が抑えられるわけがあるだろうか。不可能である。

「やべーぞ伏黒。ゲーセンがコンビニ並みにある」

「アキバだからな」

「やベーぞ伏黒。メイドさんがめっちゃグイグイくるっ」

「アキバだからな」

「やべー！　伏黒！　あれエッチなゲーム？　あれエッチなゲームの看板じゃね？　うっわいいのかあれ、あんな大々的に……ヤバいな俺、未成年なんだけど怒られないかな」

「うるせぇな！」

基本的に騒がしい街ではあるが、伏黒にとってはその三倍くらい虎杖が騒がしかった。

釘崎との待ち合わせまでは数時間ある。

その間、この好奇心満開ボーイと化した虎杖とアキバで二人きりかと思うと、伏黒は頭が痛くなる。そんな気持ちをつゆ知らず、虎杖はのほほんとしたものだった。

「伏黒がついて来てくれて良かったな。この辺ごちゃごちゃしてて迷いそうだし」

「新宿とかよりマシだろ」

「そういう東京感覚さらっと押しつけんなって。自販機が軒並《のきな》み電子マネー使えるとか店先にペッパー君が立ってるとか、そういうレベルの街って東京だけよ？」

「いやペッパー君はそんな頻繁には立ってねぇ」

「仙台《せんだい》だと〝人工温泉とぽす〟くらいでしか見ねぇもん」

「地元ローカルの店名当然のように出すなよ。どこだよそれ」

「スーパー銭湯だけど」

「スーパー銭湯にペッパー君いる方が文明レベルやばくねぇか」

「ま、ま、とにかくさ、一人よりは地理詳《くわ》しい奴《やつ》居た方が心強いのは確かじゃん。俺、未《いま》だに地下鉄とかちょっと苦手だし」

「山手線の範囲内で迷う奴があるか」

「あー出たよ都民感覚。ナチュラルに」

「実際もうそこまで迷わねぇだろオマエ。連日あちこち行ってんだから」

「あ、伏黒。ケバブ食おうぜケバブ」

「会話しろ」

伏黒としても、虎杖と五条のノリが似ていることは薄々感づいていたが、改めて二人きりで話していると実感が強くなる。

もっとも、虎杖は会話のキャッチボールがせいぜいドッジボールになるくらいですんでいる。五条の場合は打ちっぱなしゴルフかバッティングセンターレベルだ。

そういえば、今日は寮でも高専内でも当の五条を見ていない。別に休日、五条がどこに行っていても良いのだが、謎多き人だと伏黒は改めて思う。

そんなことを考えながら、伏黒は虎杖の会話を右耳から入れて、左耳へ流すモードに入っていた。

なにせ街を行きかう賑わいの周波数とだいたい同じなので、意識さえオフにすれば環境音として処理できる。

いちいち反応しても疲れてしまう。伏黒が脳を省エネにしようと誰が責められよう。

ところが、結果から言えばそれは、余計に伏黒の心労を加速させる行為だったと言える。

「……あ？」

気づけば、虎杖がいなかった。

慌《あわ》てて首を回した伏黒は、ゲームセンターの奥へ消えていく赤みがかった色の髪をかろうじて目にとめた。

◇

「何やってんだオマエ」

「ゲーム。あ、タイトル的な話？」

「そうじゃねぇよ特級馬鹿」

縦《たて》に細長い構造のゲームセンターを四階まで昇《のぼ》って、ようやく伏黒は虎杖を見つけた。

1

格闘ゲームコーナーの、さらに奥。ガチそうな方々がたむろするエリアから離れて、クレジット五十円からのレトロゲー筐体《きょうたい》が並ぶ一角に虎杖はいた。

それも、その中でもひときわ面白くなさそうなゲーム筐体の前に座って。

口を尖《とが》らせながら、虎杖は伏黒に成り行きを説明する。

「いや、だって、外をぶらぶら歩いてるだけで数時間潰《つぶ》すのは、ちょっと現実的じゃねーじゃん。ゲーセンならめっちゃあるから、ちょうどいいかなって」

「せめて一声かけてから横道に逸《そ》れろ」

「かけたけど」

「…………」

聞き流していた手前、若干《じゃっかん》気まずい伏黒は話題を切り替える。

「つーかなんだ、このゲーム」

「いやどっからどう見ても〝格闘企業戦士ビジネスファイター〟だろ」

「〝格闘企業戦士ビジネスファイター〟なのか、どっからどう見ても分からねぇよ」

「いや俺も初めて見たからよく知らんけど」

虎杖の選んだゲームは、逆に奇跡かと思うほどつまらなそうだった。

格闘ゲームのようだが、キャラクターがほとんど会社員らしきオッサンで、全員きちっと背広を着こんでいるので見分けが難しい。

たとえ五十円とはいえ、このゲームに金を払った虎杖の思い切りの良さは凄《すさ》まじいものがある。そりゃ宿儺の指も食うだろう、と若干不謹慎なことを、伏黒は考える。

そんな伏黒をよそに、虎杖は至って平常運転。

というか、どうやら対戦相手を求めていた。

「逆に聞くけど、伏黒はやらねぇの？　これ対戦台だけど」

「そのゲームに金払いたくねぇ」

伏黒は心底嫌《いや》そうに眉間《みけん》にしわを寄せた。

しかしながら、対戦格闘ゲームは誰かと戦ってナンボである。

ましてや、ただでさえつまらないゲームを一人でやるのでは空《むな》しすぎる。どれだけ乗り気ではなくとも、虎杖はせめて伏黒に戦ってほしかった。

「なんだよ逃げんのかよ。ていうか伏黒、もしかしてゲーム苦手？　俺に勝つ自信ないとか？」

「自信じゃなくてやる気がねぇんだよ」

「お前、ここで逃げたら不戦敗だぞ、不戦敗！　いいのかそれで！」

「勝手にしろ」

「いやもうマジで頼むって！　じゃあもう俺伏黒の分も金払うから！　な！」

「マジかお前。…………ったく」

とうとう代金まで持とうとし始めた虎杖に根負け、というかそこまでする虎杖は流石《さすが》に見たくなかったので、伏黒は結局自分でお金を入れて対面に座った。

ともかく、格ゲーというものはやっぱり、一人より二人でやった方が楽しいに決まっているのである。

虎杖はノってくれた伏黒に心底感謝しながら、ウキウキとキャラ選択を行う。

「じゃあ俺〝ヤマダ社長〟選ぶわ」

「……じゃあ〝オオサキ係長〟で」

「なんだよ、初期カーソルキャラじゃん。まぁ使いやすい方だろうし、初心者の伏黒には悪くねぇ」

「オマエさっきこのゲーム初めて見たっつったよな」

「実はオマエが来る前にアーケードモード三面まで進めたんだぜ」

「雑魚《ざこ》かよ」

とにかくそういうわけで、二人のゲームが始まった。

「食らえ！　俺が十五分かけて編み出した必勝戦法！」

「修業短《みじけ》えな」

戦闘開始から簡単なコマンドで出る〝名刺手裏剣《しゅりけん》〟の連打で攻める虎杖。

等間隔で飛ばすヤマダ社長の手裏剣を、伏黒操《あやつ》るオオサキ係長はジャンプで避《よ》けながら接近。あっという間に飛びこみからの強キックを当てたと思いきや、投げで壁際《かべぎわ》に追いこんでヤマダ社長をボコボコにしていく。

「えっちょ、待って伏黒。それハメ技《わざ》じゃね？　それハメ技じゃね⁉」

「………」

小パンチ小パンチ中キック中キック、極《きわ》めつけに攻撃で溜まった残業ゲージを使用して超必殺技〝残業激怒拳〟でフィニッシュ。

鮮《あざ》やかな勝利を決めてしまった。

「ウッソだろ⁉　……えっ伏黒なんで技とか使えんの。このゲーム得意？」

「いや画面の上にコマンド表貼《は》ってあるけど」

「カンニングかよ！」

「オマエ実はゲームあんま上手《うま》くねーだろ」

「いや俺だってコマンド使えりゃ負けねーわ！　もーいっかい！　もーいっかい！」

「ウソだろ連コインしやがったこいつ……」

たっぷり一時間ほど対戦した虎杖は、結局伏黒に負け越した。


一階のＵＦＯキャッチャーコーナーまで降りてきて、自販機でコーラを買った二人は、どことなく虚無感に包まれていた。

熱が冷めた後に残る、揺り返しのようなテンションダウンがありありと顔に滲《にじ》んでいる。

「あー、俺なんであんなクソゲーに千円も使ったんだろ……」

項垂《うなだ》れる虎杖に、伏黒は心底アホを見る目を向けた。

「いい加減満足したら出るぞ。ゲーセンは暇は潰せるけど金も食う」

「確かになぁー……あ！」

「なんだよ。またクソみたいなゲーム見つけたからって、もう付き合わねぇからな」

「いやそうじゃねーよ、伏黒あれ、あれ！」

虎杖の指《さ》す方へ、伏黒は渋々《しぶしぶ》と細めた目を向ける。

そして、ぎょっと目を見開いた。

「……五条先生？」

「だよな、アレ」

　まさしく、二人の視線の先に居るのは五条悟《さとる》、その人だった。

　というか、黒ずくめの恰好《かっこう》に黒い目隠しまでして薄暗いゲーセンを歩いている人間が、五条以外にいるとは考えにくい。

「えっ……ちょ、伏黒、五条先生アレ何やってんの」

「UFOキャッチャーじゃねえの。お菓子の当たるやつ」

「なんで？　お菓子食べたくて、一人でゲーセン来てUFOキャッチャーやる？」

「いや俺に聞くなよ知らねぇよ」

「あ、しかも諦めた！」

「早っ」

　五条は少々不満げに口を尖らせると、ゆらゆらとした足取りでゲームセンターの出口へ向かう。

　まぁ、よく分からない行動だったが、もともとよく分からない人なのでそういうこともあるだろう。伏黒は深く考えるのをやめた。

　ところが虎杖がそうはいかなかった。

「よし追おう」

「なんでだよ」

五条に続いてゲーセンを飛び出していこうとする虎杖。伏黒は慌ててコーラを飲《の》み干《ほ》すと、缶を捨ててから後を追い始める。

「いや、だってさ。五条先生あれ、たぶんオフじゃん？　何気《なにげ》に俺、先生が休日とか暇な時って何してるか知らねーなと思って」

「で？」

「尾行だろ、ここは」

「当然のように言うな」

「いや、だって気になるだろ実際。俺さ、案外五条先生のことってよく知らねーと思うんだわ。もちろん嫌なら伏黒一人で待っててもいいけどさ」

「…………」

どういう葛藤《かっとう》があったかはともかくとして、結局、伏黒と虎杖は二人で五条を尾《つ》けることにした。

五条は頼れる先生であり、尊敬できる呪術師には違いない。

一方で、その性格の軽薄さ、多忙さ、神出鬼没さ、経歴、思想、行動範囲など、生徒から見ると謎多き男である。休日にのほほんと街を歩く姿など、そうそう見られるものではない。

要するに、伏黒も興味に従ったのである。

虎杖とのクソゲー勝負で精神的に疲れていたと言えなくもない。とにかく、二人はいったん見失った五条の姿を探し始めた。

◇

して、五条は割とあっさり見つかった。

「伏黒、あれ五条先生じゃね」

「……本当だ」

次に二人が目撃したのは、クレープを食べながら歩く五条の姿だった。

包み紙を見るに、大通りに面した割と有名な店のクレープだ。

クリームとティラミスにマカロン、チョコスプレーまで振ってマシマシにしたもの。

子供の夢かと思うようなクレープを持って、もしゃもしゃ食べながら歩く、１９０センチはあろうかという大人《おとな》の姿が、そこにはあった。

「すげぇな伏黒。やろうと思ってできるかあれ」

「いやまずやろうと思わねぇよ」

「なんか呪術的な訓練とかじゃねぇの？」

「あれで強くなるんだったら苦労しねぇよ」

一定の距離をとりながら、クレープをもしゃもしゃする大人を尾行する二人。

不思議の街、秋葉原においても、その光景はかなり浮いているだろう。

やがて、五条はクレープを食べつくすと、随分と古びた店の前で止まった。

「……真空管専門店」

虎杖の音読した看板に、伏黒は怪訝《けげん》そうな表情を浮かべる。

五条はしばし思案すると、ごちゃごちゃした佇《たたず》まいの店内へと踏みこんでいく。

「また随分マニアックな店に入ったな」

怪訝な顔の伏黒。一方、虎杖は首をかしげた。

「っつーかぶっちゃけ真空管って何？　名前は聞いたことあるけど」

「電気部品だよ。古いラジオとかオーディオとかに使う」

「五条先生ってオーディオマニア？」

「いや、音楽は聴けるならＹｏｕＴｕｂｅでもいいタイプだろ」

「あー、そういうイメージだな」

などと話していると、紙袋を持った五条が店から出てきた。何か購入したらしい。

「やべ、見失うぞ」

路地を曲がる五条の背中を、虎杖が追い、伏黒も続く。

少々遅れて五条の姿が見えなくなったが、一分も経《た》たないうちに、人ごみに紛《まぎ》れた黒くて背の高い人影を見つけ出した。

「いたぞ伏黒。やっぱ五条先生目立つな。デケェし」

「二メートル近くあるからな」

「バスケめっちゃ強そうだよな」

「バスケやってる姿はまったく想像できねぇけどな」

「同感」

二人は見解を一致させながら、五条の足取りを追う。

秋葉原のやや入り組んだ道を、距離を保《たも》ちながら尾行するのは、ちょっと重労働だ。

背が高い分、歩幅も大きな五条は歩くスピードも速く、人混みの中を離れてついて行くとすぐ見失いそうになる。

次に五条は、中古のオーディオショップへ立ち寄ると、紙ジャケットのアナログレコードを物色し始めた。

「伏黒はああ言ってたけど、やっぱ五条先生って割とマニアなんじゃねーの？」

「いや、それはねーだろ」

「だってレコード見てるぜ、バッハの」

「クラシックとか興味あるように見えるか？　あの人」

「いや、オルタナティブ・ロックとか聞いてそう」

「だろ、ぜってーおかしい」

五条はしばらくワゴンに陳列《ちんれつ》されたレコードをかきわけると、古い洋画BGM集のLP盤を購入して店を後にする。

尾行を続けながら、虎杖と伏黒はますます訝《いぶか》しむ。

実は自分たちが勝手に違うイメージをもっているだけで、五条のプライベートは割とクラシック趣味なのだろうか、と疑問も浮かぶが、すぐに「それはねーな」と思い直す。

少しふらふらと歩いた五条は、今度は黄色い看板の店の前で立ち止まった。

「伏黒、あれなんの店だ？」

「……カプセルトイ。いわゆるガチャポン専門店だな」

「なんて？　ガチャポン専門店？　あんのそんな専門店」

「あるからアキバなんだろ」

「そういうもんか。あ、先生ガチャ引いてんぞ」

「知ってる教師が五百円のガチャ回してるとこあんま見たくねーな。……なんのガチャだあれ」

「キノコのキーホルダーだろ。リアルな」

「五百円出すならスーパーでキノコ買った方がよくねぇか」

「分かってねーな伏黒。……ああいうのはな、確実じゃねーからいいんだぜ」

「一生分かりたくねぇ」

「あ、先生カプセル開けたぞ、何出たんだろ」

「ラインナップ見る限り毒キノコじゃねーか。スゲー悔しがってるし」

「ぶはははははは、それじゃ食えねーな!!」

「いやカプセルから出てきたキノコはどうしたって食えねぇよ」

キーホルダーを渋々ポケットに入れた五条は、その後もあちこちをウロウロした。

パソコンショップでマウスを握るだけ握ってみたかと思ったら、今度は電器店でマッサージ器を肩に当ててみたりした。

またフラッと消えたと思うと書店でマンガを立ち読みしていたり、ゆらりと横道にそれたかと思うとワゴンセールの中古ゲームを眺めていたりする。興味の向くままに、なんとも勝手気ままに歩いているらしい。

「……特別な目的はないらしいな」

「みたいだな」

伏黒の呟きに、いつの間にか戦闘力を計測するゴーグル型のおもちゃを装着した虎杖が答える。

「それどこで買ってきたんだよ」

「なんか中古ショップ。五条先生マンガとか読むんだーと思って、ウケるかなって」

「オマエ財布の紐《ひも》ゆるっゆるだな」

「男はここぞって時に金を使える生き物なんだよ」

「さっきのクソゲーはここぞって時か？」

「あ、五条先生ビル入った。いや違う、五条先生の〝気〟がビル入った」

「言い直さなくていい」

「ヤベェ見失う。追うぞ伏黒！」

「いや、ちょっと待て」

「グェッ！」

ビルの中へ踏みこもうとする虎杖、そのパーカーのフードを引っ張って、伏黒が静止する。割と危ない行為なので真似《まね》してはいけない。

「殺す気か！　なんだよ、ここまで来て尾行止《や》めるのも半端じゃね？」

「オマエ……ビルの看板見てないのか」

「え？　……エッ！」

言われて、視線を上に向ける虎杖。

看板に描かれたポップな文字を視線で読むと、みるみるうちに顔が焦《あせ》りに染まっていく。

――エンジェルメイド喫茶〝ＳＨＯＷ悪☆キューピッド〟。

そのビルの二階に居《きょ》を構える、ちょっとマニアックな喫茶店である。

別にいかがわしい店ではない。単にメイドさんが接客してくれるだけの、至って健全な喫茶店だ。

とはいえ、一般的にも割と入店に勇気が要《い》る部類の店である。

思春期の青少年ともなれば尚《なお》のこと。

流石の虎杖といえども、これはちょっぴり恥ずかしいのだ。

「……いや流石にこれは、ちょっと……五条先生でも意外すぎるかな」

「目当てはこれかもしれねぇぞ」

伏黒が指したのは壁に貼りつけられたビラ。なにやら〝本場フランス仕込み！　パティシエも唸《うな》る絶品パンケーキ！〟なるものが宣伝されている。

なるほど、これには虎杖も頷《うなず》いた。

「いやぜってーこれ目当てでしょ。どんだけ甘いもん食ってんだって感じだけど」

「五条先生、忙しい日が続くとこういうの食う頻度《ひんど》増えるからな……」

「じゃあ謎も解けたし、尾行打ち切りってことで。さすがにここ入るのは恥ずかしいし」

「オマエにしちゃ懸命な判断だ」

「――いらっしゃいませご主人様たち！」

「えっ」

「えっ」

営業感溢《あふ》れる元気な声が、二人の背後から飛んでくる。

そう、虎杖の持つ天才的運動センスも、伏黒の磨いた呪いの気配察知能力も……〝そろって入店を迷っているお客様〟に見えんこともない二人を収入源にしようと忍び寄る、百戦錬磨の客寄せメイドの接近を察することは、できなかったのである。

自分は前世で何か悪さでもしたのだろうか、と伏黒は思った。

あれよあれよというちに、虎杖ともどもメイドカフェに連れこまれた伏黒である。

中に通されるなり、「ここでは天国を味わってもらうため」などと、プラスチックと針金でできた天使の輪と羽を装着され、見た目的にも精神的にも死んでしまった。

一方。

「初めてのご主人様はこちらの尊《とうと》みセット・エモエモAがオススメとなっておりまーす」

「えー……そうなんだ。まー初めての時って店員さんに任せた方がいいよな。じゃあ尊み二つ。エモさマシマシな感じで」

「かしこまりィンカネーション☆」

「えっ、何そのかっこいい感じの響き。ドイツ語？」

「英語ですっ☆」

「英語か――！」

などと、既にメイドとのやり取りに馴染《なじ》み始めている虎杖。

根が明るいというかパリピ気味というか、陽キャ気質な人間の方が、こういう場所への適応力が高かったりするものなのである。

一方、伏黒のように根がまじめな人間ほど、この手の雰囲気は辛《つら》い。

天使の輪と羽をつけて、対面席の虎杖と向かい合っている現実に目を向けるだけで、伏黒はどんどん心が死んでいくのを感じていた。

「でさ、伏黒。肝心《かんじん》なことだけど」

「なんだよ」

「やっぱ先生の目当てはパンケーキだったみたいだな」

「…………ああ……」

肝心の五条はというと、わざわざ隣のビルの壁しか見えない窓際席に座って、優雅にパンケーキでお茶していた。

まるで正装だとでも言わんばかりに、自然に天使のコスプレを着こなしながら、ハードボイルド小説みたいな姿勢でカプチーノをすする姿は、初入店である虎杖や伏黒とは次元の違う〝くつろぎ〟を感じさせる。

一方、伏黒は初心者であることを差し引いても限界だった。できることなら一秒たりとも長居はしたくない。

「おい。五条先生の目的も分かったんだし、満足したならもう出るぞ」

「えー、でも注文しちゃったし」

「金払って出ればいいだろ」

「頼んじゃった料理が無駄になると悪いだろ」

「……まあ、そりゃそうだが」

金を払ってでも店から出たかった伏黒だが、基本的に善良なので、そういう観点から意見されると文句を言えなくなる。

一方で、溝《どぶ》の底を深夜に覗《のぞ》いたような瞳はますます濁《にご》っていく。

伏黒は再び、意識のスイッチをオフにせんと試みていた。

マヒは生命のセーフティ装置だ。今の時点では心をなんとしても守らねば、なんらかの呪いが産まれてもおかしくはない。

そわそわしつつも、割とアトラクションを楽しんでいる感のある虎杖とは対照的な様子である。

とはいえ、メイドカフェの本当の洗礼はここからである。

「おまたせしましたー、尊みセット・エモエモAでぇーす」

メニューからまったく料理の詳細《しょうさい》が推察できない尊みセットの正体は、結局のところオムライスだった。

皿にケチャップでパンダ――おそらく偶然だろうがパンダ先輩に酷似《こくじ》しており、伏黒の心を痛めつける――が描かれている。

皿の余白には「尊い……！　そしてしんどい……！」などとセリフが書かれているが、本当にしんどいのは伏黒だ。

一方の虎杖は、すっかり適応している。

「ではお客様には、ここからエモさを追加してもらいまーす」

「エモさ追加ってどうすればいいんですかー」

「お客様のお好きなアニメのエモい、尊い、感動した感じのシーンをおひとつどうぞ！　タイトル言わずにエモさ感じさせたら合格でーす」

「えー。やべぇけっこう悩むな。……あ、じゃあヒーローに憧れる男の子が主人公のやつ」

「見てます見てます。推しですよ〜私」

「なんか父親にコンプレックスあるキャラが居てさ。そいつがこう、自分がヒーローになりたかったたってことを思い出して、今まで使わなかった〝左手〟使うシーン。あれ好き」

「あ〜鉄板ですよね〜そのエピソード。でも場面チョイスがベタすぎるのでもう一声！」

「あ、じゃあ別のアニメでさ。忍者の里で仲間外れにされてた主人公が成長してさ、一人前って認められて仲間に胴上げされるシーンあってぇ」

「あ〜エモいですね〜」

「唯一《ゆいいつ》その主人公の味方だった先生が、それ見て涙ぐむとこ？　そこも捨てがたい」

「あ～～ピンポイントで来ましたね～～」

「〝今　目の前に英雄がいます〟ね」

「いや分かります分かります～～～～エモさマシマシですね、グッときちゃいましたからトッピング追加行きましょうか」

「あ、そういうシステムなんだ？」

「単品メニュー四百円相当のポテト〝エモ芋〟追加でーす」

「わっは、くだらね――！　てか炭水化物多っ！」

「はいじゃあご一緒に、エモ～～～～い！」

「エモ――――い！」

　雑な感じで皿の上にポテトが追加される。

　冷凍感たっぷりだが単品だと四百円取られるらしい。楽しくなっているとそういう原価とか気にならないものだが、伏黒はもう気になってしょうがない。色々気になってしょうがない。

　かと思ったら、今度はその伏黒に矛先《ほこさき》が向けられる。

「そちらのお客様もご一緒にー！」

「ほら伏黒、そっちもトッピングあるって」

「はいエモ〜〜〜〜い」

「エモ────い」

「…………」

伏黒の返事はない。だがイベントは続く。

「じゃあトッピング追加したところで、お料理と一緒にチェキ行っときましょうか。はい寄って寄って〜」

「え、このお店そういうのあんの」

「尊みセットですので」

「へー、全然わかんねーけどそうなんだ!」

「天国感《ヘブン》あるでしょ?」

「わかんねー、あるか? あるかも」

「…………」

「じゃあ席のお隣失礼しまーす」

「え、近くね? 俺ちょっと恥ずいかなこういうの」

「こういう恥ずかしさを経験して大人になるんですよ〜」

「そういうもんなの?」

「そういうもんですよ〜、はい、チェキっ☆」

「ちぇ、チェキっ！」

「…………………」

「はいありがとうございま〜す」

「あーヤバい、これすっげー照れる！　うわっ、顔あっつ！　なんか大事なもの支払っちゃった感じすげー！　大丈夫かな俺、一応未成年なんだけど！」

「きゃ〜初々《ういうい》しくてかわいいですね〜それじゃそっちのお兄さんも、行っちゃいましょうか」

「フォークダンスとかとは距離の近さの部類が違うもんな。伏黒気をつけろ、めっちゃ照れるから！　これめっちゃ照れるから！」

「はいチェキ準備してくださーい！」

「伏黒、チェキだぞ」

「……………………いや」

か細いか細い、死にかけのアヒルのような声が響く。

「…………俺は…………いい……」

伏黒は、とにかく、もう何かと限界だった。

「あー、予想外に食った食った。でも味はフツーだったな」

「……ポテトで口の中パッサパサだ」

三十分ほど経《た》った。

伏黒と虎杖は、無事に天国——チャージ料が五百円かかる——から出てきた。

「伏黒、チェキの写真貰《もら》ってきたけどいる？」

「次その冗談言ったらオマエの鼻にパプリカを詰めてやる」

「単純にオマエの嫌いなもんじゃん！　いや分かったから、それがオマエの最大限のいやがらせなのは分かったから！」

「神田《かんだ》近辺なら神社がある。写真は燃やしていくぞ」

「わざわざ神社で⁉」

「呪いの写真は焚《た》き上《あ》げ供養《くよう》に限る」

「悪かったから！　伏黒がそこまでキツかったのよく分かったから！」

虎杖から見て、伏黒は基本的にいつも機嫌《きげん》が悪そうだが、本日改めて〝本当にムカついている伏黒〟を見ることになった。

こうなっては流石に虎杖も普段のノリは出せない。

若干気まずそうに、どう話題を運んだものかと頰《ほお》を搔《か》いて、結局は発端の話に戻ることにした。

「そ、そういや見失ったな、五条先生」

「そうだな、どうでもいいが」

「い、いやー、いったいどこに行ったんだか……」

「僕がどうしたって？」

「「うわぁああ⁉」」

ややギクシャクした二人の空気を土足で踏み荒らすように、まったく不意打ちのタイミングで、五条が背後から現れた。

しかも――。

「ご、五条先生！　いつのまに後ろにいたんだよ……って、アレ。釘崎までいるじゃん。なんで？」

「なんで？　じゃないわよコノヤロウ」

五条のさらに背後から、不満げというか、恨《うら》みがましい目で見つめる釘崎が現れる。

虎杖からすると不機嫌な同級生がもう一人増えた形になる。

「えぇー……釘崎まで不機嫌なんだけど」

「そりゃ不機嫌にもなるわよ。アンタたちが五条の周《まわ》りウロチョロしてたせいで……」

「あ、そういや五条先生は今日休みなんすか」

「無視すんなコラァ！」

伏黒よりもアクティブな形で文句をつけられそうな気配を感じた虎杖は、露骨に話を変えることにした。

もっとも、話は変わらなかったのだが。

「いや、普通に仕事だよ」

「え？　だってクレープ食ったり街なかぶらぶらして……」

「僕くらいになると忙しすぎて、仕事しながらじゃないと街なかぶらり再発見もできないっつーの。ああ見えてやることきっちりやってんだよ」

「やることって？」

「ダンジョン探し」

「……だんじょん？」

「言い方を変えると、一年生向けにイイカンジに経験を積ませるための呪われたスポット探し、および下見」

「………はい？」

虎杖の脳裏《のうり》を、呪術高専《じゅじゅつこうせん》に転入した直後の記憶がよぎる。

東京観光のつもりが一転、廃ビルの呪霊《じゅれい》退治レクリエーションに参加させられてしまった日のことだ。

五条はあっけらかんとした顔で続ける。

「そこのメイド喫茶の隣のビル、ほとんど廃テナントになってんだけど、ネットのホラーサイトで変な噂《うわさ》立っちゃったらしくてね。元々けっこう歴史あるレコードショップが入ってたおかげで、呪いのエピソードに信憑性《しんぴょうせい》が出ちゃったのがいけなかったな」

「あー、だからビルしか見えないのに窓の外見てたんだ」

「で、予定はもうちょい後日だったんだけど、なんかちょうど良く一年三人そろってたからね。こりゃいいや、今日挑戦させちゃおう！　と思って」

「えっ……えっ⁉」

「大丈夫。もうビルに放置された真空管アンプ動かしたり、噂になぞらえてレコード流したりして刺激してきたから。活《い》きのいい呪霊とご対面できるよ」

「………えぇっ」

とっさに視線を釘崎へ移す虎杖。

恨みがましい表情の理由は、もうだいたい分かった。

一方、正反対にしゃきっとしたのが伏黒だ。

「よし、行くぞ」

「ちょ、なんでやる気なんだよオマエ！」

「ゲーセン行ったりメイド喫茶行ったりするよりは、ずっと気分がマシだ」

「え、なにアンタたちメイド喫茶なんか行ってたの？　虎杖はともかく伏黒まで？　すました顔してとんだムッツリスケベね野郎ども」

「不可抗力だ」

「俺はともかくってなに!?」

「いいから行くぞオマエら」

「だからなんでめっちゃ戦闘モードなんだよ伏黒は！」

「恵はこないだの廃ビルで実力見せる機会無かったからね、引きずってんだよ」

「引きずってません」

「いや引きずってる顔じゃねーかオマエ」

「アンタけっこうじんわり根に持つタイプよね」

「じゃあ皆、気をつけて行ってきてね。僕は揚げまんじゅう食べてるから」

「先生まだ食うの⁉」

「とっとと行くぞ」

「行くぞじゃねーよ！　チクショウ、グッバイ俺の休日──────っ！」

「私のアメ横──────っ！」

調子の狂う休日から一転、呪術師の〝いつもの空気〟に触れて多少回復した伏黒。

一方、さんざん満喫《まんきつ》した休日が途端に打ち切りになった虎杖と、アメ横名物の百果園《ひやつかえん》フルーツを食べ損《そこ》ねた釘崎。

がやがや騒ぎながら呪霊退治に向かう三人を、五条はいつも通りの、かるーい笑顔で見送る。

「ん？」

虎杖のポケットから何かがひらりと舞い落ちた。なんだろう。と首をかしげて拾う五条。

次の瞬間、吹き出した。

「ンッハハハハハハ」

目に飛びこんできた光景を見て、五条はついつい笑いが止まらない。

「っく、くくく………なんだかんだ言って、青春してるじゃないか、若人《わこうど》」

可笑《おか》しさからの笑顔が八割。

微笑《ほほえ》ましさからの笑顔が二割。

天使の羽を着けてメイドと写る、虎杖と伏黒の写真を手に、五条はしばらくその場で笑っていたという。

めぐみ様♡♡
またきてね!!

第２話　反《はん》魂《こん》人《にん》形《ぎょう》

七海《ななみ》は出張が嫌いではない。

経費で落ちる旅行と言えなくもないし、なかなか行かない場所へ赴《おもむ》く理由にもなる。

まして北海道なんて尚更《なおさら》だ。

なにより、同僚と離れて一人になる機会というのは、呪術師といえども、社会人としてはかけがえのないクールダウン。つまりは魂《たましい》の換気だ。

空気の変化が無ければ、気が滅入ってしまう。

適度な息抜きができるかどうかが、労働を長く続けるコツである。

そう考えている七海にとって、出張先に先輩呪術師がついて来るというのは面白くはなかったし――それが五条悟《ごじょうさとる》であるとなれば、もはや頭の痛い案件ですらあった。

「七海、北海道クイズしようぜ」

「お一人でどうぞ」

「はい第一問。僕の一番好きな北海道スイーツはいったいどの銘菓〝三方六《さんぼうろく》〟でしょーうか?」

「せめてクイズの意味十回調べてから出直してください」

「じゃあジャガバターゲームしようぜ。ルールは簡単。よりジャガバターの好きな方が勝ち。はい僕の勝ちー僕ジャガバター日本で二番目に好きな男だから」

「誰ですか一番」

「松山千《まつやまち》春《はる》」

「呼吸より嘘《うそ》の回数の方が多いですよねアナタ」

「CO_2削減になるだろ？」

「私のため息から出るCO_2でチャラでしょう。何が悲しくてはるばる北海道まで来て、男二人、呪術師二人」

「いいじゃん、バラエティ番組っぽくて」

「どこにあるんですか、こんな辛気《しんき》臭《くさ》いバラエティ」

大通りの賑《にぎ》やかな道を、七海と五条は正反対の表情で歩いていた。

札幌《さっぽろ》の街並みは京都《きょうと》と同様、碁盤《ごばん》の目。

標識を眺めながら歩けば、まず迷うことはない。

一方通行の把《は》握《あく》がやや面倒だが、歩いての観光ならば中央区に限っては容易である。地図とも照らし合わせやすい。

「まあ全部が全部、素直に格子状の道になってる、ってわけじゃないんだけどさ。スポットを巡るルートは組みやすいよね」

と、五条が取り出したのは二つ折りになったパンフ。

開けば中央区の地図が、分かりやすく簡略化して記されていて、そこにいくつもの赤丸が書きこまれている。

「なんですか、その地図」

「オイオイオイ七海ィ。オイオイオイ、オイ」

「雑にイラつきますねそれ」

「しっかりしてくれよ。オマエ、ここで僕が取り出すんだから五条悟スイーツマップ以外に何があるってんだよ」

「ですから、そういうのはお一人でどうぞ」

「先輩ヅラし甲斐の無い奴だなぁ」

「アナタも昔から、慕い甲斐のない先輩でしたよ」

ため息を吐《つ》きすぎて、肺がぺしゃんこになりそうな七海だった。

プライベートの五条の話は、九割が適当だ。

基本的に自分のペースでしか話さないので、真《ま》に受けて返せば疲れるし、聞き流してもイラつく。

　そういう相手が目上で、先輩で、実力上の絶対強者であるというストレスは、五条悟に関わった者でなければ理解できないだろう。伊地知《いじち》あたりにはもっと深刻な問題かもしれない。

「……というか、ほんと、なんでついて来たんです？　別に二人も呪術師が必要な案件じゃないですよ、今回は。まして――」

「まして超イケメン最強呪術師の五条悟が出る幕じゃない、だろ？」

　いい加減疲れてきたので、七海は無視した。五条の話はそれでも続く。

「確かに心配ないとは思うよ。単独での調査とはいえ、任《まか》されたのがオマエなら一人でもきっちりこなすだろ」

「じゃあなんで来たんです？」

「たぶん心配ない案件を、絶対心配ない案件にするためだよ。一人で十分な案件とはいえ、一級呪術師が出張るようなことなんだろ？　それもどうやら悪徳な呪詛師《じゅそし》か、その〝もどき〟絡《がら》みだって聞いてるしね」

「……相手も一級か、特級に値する呪詛師かもしれないと？」

「あくまで〝かもしれない〟だけどね」

「そんなあやふやな可能性のために、わざわざ出向いてくる人じゃないでしょ、アナタ」

「よき理解者ヅラ、五臓六腑《ごぞうろっぷ》に染《し》みわたるよ。ま、今はそういうことでいいだろ？　案外僕も多忙な日々に疲れて、北にバカンスに来たくなっただけかもしれない」

「そう口に出した時点で、本命は違うわけですか……」

「あ、七海。あれ見てあれ」

「人の話を聞いてください。言うだけ無駄でしょうけど」

五条の指さした先には、こぢんまりとした屋台があった。

山吹色の看板に、赤い字ででかでかと書かれた「ジャガバター」の文字は自己主張が激しいことこの上ない。

「考えてみりゃストロングスタイルだよね、ジャガバター屋台。ジャガイモ焼いたやつにバターのっけただけの料理売るんだぜ。ウチで作っても手間かかんないよ、これ」

「石焼き芋だって似たようなもんでしょう」

「言われてみりゃそうだ。流石《さすが》だな七海。目の付け所がサングラスの奥」

「ただの眼球の位置情報でしょうそれ」

「ところで七海、ジャガイモのジャガって何？」

「ジャカルタ港から日本に輸入されたから、という説があるとか」

「なんで即答できんのオマエ、怖《こわ》っ」

「逆になんで知らないんですか、日本で二番目にジャガバター好きな男が」

「所詮《しょせん》二番目は二番目だよね。目指すならナンバーワンじゃないとダメか……っつーわけで大将、ジャガバターいっちょください」

　会話中、あまりにも当然のような流れで五条が屋台に寄っていったので、七海は少々リアクションが遅れてしまった。

「食べるんですか」

「食うよ。だって日本で二番目にジャガバター好きな男だよ僕」

「一応、仕事しに来たんですけどね」

「じゃあオマエは食わなきゃいいよ、僕一人で北海道を味わうから」

「食べますけど」

「食うんじゃん」

　大通《おおどおり》公園のベンチに男が二人。片やカジュアルな黒ずくめで片やかっちりしたスーツ、二人そろってサングラス。並んで座ってジャガバター。

　パフォーマーやコスプレイヤーが往来を歩いていても「そういうこともあるか」となる町が大都会札幌であるが、それをさし引いても人目を引く二人組である。

「うわ美味《おい》しい。ホックホクだよホックホク」

「ウチで焼いてもこうはなりませんよ」

「いやマジでね。ナメてたわジャガバター。屋台で焼くだけのことはあるわ」

「ビールが欲しくなってきますね。やはり仕事の後にすればよかった」

「ビールかぁ……僕としちゃ単品で旨《うま》いものを酒と組み合わせて考えるのあんまりよく分からないんだよな。……え？　あれ？」

「どうしました？」

「オマエのジャガバターなんか僕のと違わない？」

「塩辛《しおから》のせたので。美味しいですよ、あげませんけど」

「いやいらねーよ。ビジュアルがこないだ祓《はら》った呪霊《じゅれい》に似てるし」

「…………」

あわよくば、気分転換を期待して訪れた北海道。

七海はちょっぴりストレスが溜《た》まっていた。

Potato with Butter

ホクホクのジャガバターを堪能《たんのう》したのち、立派な大人《おとな》なのでゴミをきちんと片付けた二人は、大通公園を東、テレビ塔に向かって歩く。

大通公園はそこで途切れて、バスセンター近くに大きな道路が南北に横切っている。都市の大動脈と呼べる大きな道だが、意外なことに、歩いている人はそう多くはない。

これは札幌という都市の構造が関係している。

「で、今回調査するのはどんな阿漕《あこぎ》な呪詛師なんだっけ。いや、そもそも呪詛師かどうかも曖昧《あいまい》だけど」

「あやふやなままついて来たんですか」

「どうせ対処するのはオマエだからね」

「じゃあついて来ないでくださいと言いたいのですが……というか、けっこう腹に溜まる物食べた後によくソフトクリームなんて食べられますね」

「いやオマエも食ってんだろ」

チーズとミルクのツインソフトクリームを、零《こぼ》さぬよう器用に舐《な》めながら、五条は当然のごとく、七海の前を歩いていた。

いったいどこへ向かって歩いているのやら、まるで今回の事件内容をよく知らない人間とは考えられない動きである。

　五条いわく、わざわざ北海道に来てミルクソフトでもなくチョコレートでもなく、クッキー＆クリームを注文する七海のチョイスが信じがたく、視界に入れておけないのだという。サングラスをかけておいて何を、とは思う。

　七海は勝手に歩いてかないでくれ、と五条に言いたかったが、説明を先にした方が手っ取り早いだろう。

　というのも、普段の五条であれば、七海に聞くまでもなく事件の内容を把握している。

　それでもあえて七海に聞くということは、五条がいっさい情報を仕入れていない事実の表れである。つまり五条も本来、自分が出るほどの事件ではないと分かっているわけだ。

　それでもなお、五条は七海について来た。

　本当に暇つぶしで遠路はるばる北国に来るほど、暇人でないことは分かっている。七海としては五条の目的こそ知りたかった。

　とにかく、彼に真意を喋《しゃべ》らせるには、速《すみ》やかに〝人形騒ぎ〟を解決してしまうしかない。

　七海は効率から考えて、簡潔に説明することにした。

「発端は〝黄泉比良坂《よもつひらさか》〟と呼ばれているサイトだそうです」

「すごいネーミングセンスだな」

「検索エンジンからは辿りつけないよう、独立したサーバー内に設けられたサイトのようですね……情報をもとに、伊地知君が見つけました」

「アイツは優秀だよ」

さっぱりとした五条の口調には、さも「当然だろうな」という響きがあった。

それを聞いて七海は「あ、この人さては伊地知を締《し》め上《あ》げて私の行き先を聞いたんだな」と察した。

伊地知潔高《きよたか》は、別にスーパーハッカーというわけではない。

それでも、探すものさえ分かってしまえば、その〝探し方〟を調べることができるのが伊地知という男だ。

情報の飽和《ほうわ》したこの社会においては、専門知識より検索能力がものを言う場面は多い。

そういう点で伊地知は重宝されている。

まあ重宝されているからといって、情報を漏《も》らした人間を優しい態度で労《ねぎら》うかどうかは別である。七海は後で伊地知を叱《しか》っておこうと思った。

「で、その悪趣味なサイトはどういう目的のために設置されてるんだ？　まさか面白動画が見られるワケでもないんだろ？」

「サイトは簡素なものでしたよ。懐《なつ》かしくなるくらい」

「アクセスカウンターが置いてあって、キリ番踏んだら報告しなきゃならない感じ？」

「そういう雰囲気ですね」

「懐かしさを感じる自分が嫌《いや》だな」

「歳《とし》ですからね、私たちも」

ソフトクリームが平らになったあたりで、コーンを齧《かじ》って一呼吸おいてから、七海は続ける。

「結局のところ、そのサイトは、ある呪詛師へ連絡を行うための窓口のようです」

「窓口？」

「簡単な入力フォームがあり、そこに依頼内容を書きこんで送信すると、現金書留の宛先が表示され、商品が購入できるわけです」

「郵送払いの通販かよ。アナログな」

「住所は零細不動産屋の所有する、北海道内の某《ぼう》物件に指定されていました。二畳一間のシェアハウスだそうで」

「どこをシェアするんだよ」

「郵便受けが二十個ありました。簡易《かんい》的な私書箱として、後ろ暗い連中が利用しているようですね」

「手口がヤクザのフロントだな。呪詛師の発想じゃない」

「良くも悪くも歴史ある家系の呪術師ならば、まずこういうルートの整備を行う発想がないでしょうね」

「……で、結局なんの通販なんだ？　はぐれ呪詛師なら蠅頭《ようとう》程度の呪霊を祓う呪具でぼったくったり、他人を呪って小遣い稼ぎをしてそうなもんだけど……その程度の相手で七海が呼ばれやしないだろ」

「察しのよろしいことで」

「誰と会話してるのか考えて言えよ。オマエが呼ばれてるのに僕が詳細を知らされてないなんて、お偉方のジジイが隠したい案件だったってことだろ」

「だとすれば、私が〝詳細を話すのを禁じられている〟という可能性も考えられるんじゃないですか？」

「関係ないだろ。僕がその気になったら口を割らせるなんてワケないからね。奴らにできるのはせいぜい〝事件そのものを知られないようにする〟ことくらいだ。ってことは僕がここに来た時点で詰んでるだろ」

「毎度思うのですけど、それだけ頭が回るなら、説明しなくても自分で調べてほしいのですが」

「不可能でなくても面倒なことは、後輩を使うのが一番手っ取り早いんだよ」

「……はぁ……」

七海のため息は長かった。

別に詳細を話すことを躊躇《ためら》っているわけではないが、ただただ横暴な先輩呪術師に対してため息を吐きたかった。

吐き切った息を吸いこんで、七海はようやく事件の核心に触れることにした。

「──死者の蘇生《そせい》です」

「……なんて？」

五条は珍しく、耳を疑った。

それほどバカげたことを、七海は言った。七海自身もそれを自覚しているから、口調に疲れが現れた。

「そのサイトで販売されているのは、死者の魂を呼び戻す〝新しい器《うつわ》〟……〝反魂人形《はんこんにんぎょう》〟とか名付けられているそうで」

「……またセンスのない冗談が出てきたな」

「十中八九インチキでしょうね。ただ……」

「いや分かったよ」

五条はひらひらと片手を振った。

この短いやりとりの中で、ウンザリするほどに事情を理解していた。

「十中八九、九割九分がインチキ商売だとしても……万が一にも事実かもしれないなら、無視できない。そういうことだろ」

この世には、考えるまでもない真実がそれなりにある。

夜が明ければ朝が来るとか、氷が冷たいとか、リンゴが木から落ちるとか。

笑ってしまうくらい単純なルールが確かにあるから、世界は成り立っている。

逆に言えば、これらが覆《くつがえ》れば世界は成り立たない。

1＋1が2でなければ全《すべ》ての計算が崩れ、夜が明けて朝が来なければ、それだけでこの星は滅んでしまう。

笑ってしまうくらい単純なことは、そうでなければ笑えない。

そんな真実の一つに、時間の不可逆性がある。

覆水盆《ふくすいぼん》に返らず。後悔先に立たず。時間は過去へは戻らない。

その最も分かりやすく象徴的な事象は〝死〟でなくてはならない。

「僕に知らせたくないわけだ。確実に宿儺《すくな》の器を葬りたがっている連中としては」

「ご理解いただけたようで」

「ナメられたもんだな。僕がそんなものをアテにしたがると思ってるのかね」

「一パーセント以下の可能性すらも恐れ、潰《つぶ》す。だから権力者は権力者として君臨し続けているんじゃないですか」

「百パーセントインチキだろうけど」

「でしょうね。そんなことができれば」

「そんなことができれば、この世界はとっくに終わっているからね」

死人は蘇《よみがえ》らない。蘇らないから、人は過去を諦《あきら》められる。蘇らないから、人はせめて、正しい死を求める。

それが可能であるとすれば、おそらくそれは世界にとってあまりにも大きな呪い。

呪いの王と呼ぶべき、絶対の呪いに違いない。

「もっとも、この怪しい商売の対象はあくまで〝赤子の蘇生〟に限るようなので……本当に可能性など、有って無いようなものなのですが」

「赤子？　なんだってまた」

「さぁ。客層がそう限定されているんです。そこまで含めて調べるのが、私の仕事です」

「そもそも死者蘇生自体ができもしない眉唾《まゆつば》ものだろうに」

「だからといって、調べないわけにはいきませんから。それが仕事というものです」

顔を上げて、ぱりぱりと、ソフトクリームのコーンを齧る五条。

滴《したた》ったクリームがついた親指をぺろりと舐めて、なんとも疲れたような顔をしながら、サングラス越しに七海を見る。

「七海さぁ。サラリーマンって呪術師の仕事よりクソだった？」

「自分の向き不向きを除けば、五十歩百歩ですね」

「呪われてるなぁ、この社会」

「救いがありませんね、その表現」

「で、七海。その人形とやらを売ってる…… 〝人形師〟とでも呼ぶか。そいつの居所ぐらい摑《つか》んでるんだろ？　どっち行けばいいんだ」

「もう通り過ぎました。誰かさんが勝手に歩いていくので」

「え、僕のせい？」

「……アナタが居ない分サラリーマンの方がマシだった、とは思わせないでくださいね」

七海はほんの少しだけ、自分の進退を見つめ直していた。

◇

都市とは横へ広がるだけの物ではない。

地上の密度が限界に達した都市は、たいてい、その広さを横ではなく縦に広げ始める。つまりビルを上に積み重ねるか、あるいは地下へスペースを深く広げる。

「なるほど、地下街ね」

「地上から地下への入り口が多いからよかったですけど、だいぶ遠回りをしてしまいましたね」

地下空間の存在は鉄道網の充実とイコールであるから、その街が都会であるかどうかの、ひとつの指標と言えるだろう。

さて、札幌駅前地下歩行空間は比較的新しく、かつ、かなり広大な通路で、駅前からすすきのに至るほとんどの主要施設へアクセスできる。

地上に大きな道がある割に、歩行者が過密でない理由がここにある。信号も天候も関係ない地下の広大な空間は、まさに街の下に重ねられたもう一つの街であるといえる。

「洒落《しやれ》てるね。地下だってのに天窓がある」

「コンビニも本屋もテラスも図書館窓口も、美容師に占い師もいますから。これだけそろってれば、〝人形師〟もそろっているでしょう」

「っつーか最初から地下に潜ればよかったんじゃない？」

「すぐ潜りたかったんですけどね。人の話を聞かずにジャガバター食べ始める人がいて」

「マジか。見つけたら注意しとくよ」

「鏡ならトイレにありますよ」

「にしてもさぁ……確かに洒落てるよ。展示スペースまであってイベントも開催されてるし、パフォーマーまでいる。人の活気が地上よりも集まってる。それだけに、よくないね」

五条が顔をしかめるのは、それなりの理由がある。

札幌というのは特殊な街である。

人間は十人十色《といろ》。さまざまな人柄があるものだ。

東京《とうきよう》であれば、渋谷《しぶや》、浅草《あさくさ》、新宿《しんじゆく》、秋葉原《あきはばら》、などなど、その地域各々《おのおの》の特色があり、人柄によって別々の場所に集中する。シブヤ系、アキバ系、なんて言葉が分かりやすい。

ところが、札幌は混沌《こんとん》としている。

若人《わこうど》の集まるショップ街に、マニア向けのアニメグッズ店、古くから続く老舗《しにせ》の商店街、そして大人の欲望渦巻く色町。

これらが道一つ挟む程度の、超近隣に混在している。

当然、そこに集まる〝念〟もまた、混在する。

怨嗟《えんさ》、嫉妬、憤怒、偏愛、執着、羨望、嫌悪、我欲。

負の感情は本来、街の性質によって分散するが、この街は性質を区別していない。

そこへきて、地下歩行空間だ。

長大な通路にして、広大な地下街。

その計算しつくされた利便性、街の主要施設のほとんどへ通じる筒は、駅へ乗り入れる多種多様な人間を、その抱いた負の感情ごと一つの空間へ絞って運んでいく。

一見、華やかかつ賑やかなその地下の大動脈は、こと呪術師の目からしてみれば、まさしく人の念の坩堝《るつぼ》である。

「おかげで、臭い方向は分かりやすいけどね」

「ええ。見るからに嫌な気配を感じますから」

大勢の人間が行きかう地下街は、ただでさえ空気の淀《よど》みが強い。

だが、その中でも特筆すべき陰気な気配が、確かにある。

術式《じゅつしき》の残穢《ざんえ》だけで呪霊の足跡を追える程度の呪術師なら、ガス漏れの元を辿《たど》るよりも楽だと言える。

行きかう人混みを縫いながら、七海と五条はその気配を辿って、地下を南に向かって歩いていく。

十数分ほど歩くと、スマートに整備された新区画が終わり、やや趣《おもむき》の違った旧区画へと踏みこんで行くことになる。

旧区画は新区画に比べると横道や地下鉄構内への通路など、やや構造が複雑になっている場所が多い。

だからと言って人口密度が減るわけではなく、結果として一層ごみごみした趣になっている。

そんな行きかう人々の中。

まるで溢《あふ》れんばかりの河川のような人の流れの中に……〝淀み〟は、あった。

「七海」

「ええ。――――手がかりでしょうね」

二人の呪術師の視線の先には、親子連れがいた。

赤子を抱いた母親と、五、六歳程度の少年。

五条と七海は、その親子連れの会話に聞き耳を立てながら、用心深く近づいていく。

「――もう、秋人《あきと》。どうして分かってくれないの？」

「やだ！　お母さん、そんなの持ってかないで！　やだ、やだぁ！」

「お兄ちゃんなんだから、へんな我儘《わがまま》言わないで。ほら……また夏輝《なつき》が泣いちゃうじゃないの」

「やだぁ！　やだぁ！　お兄ちゃんなんかじゃない！」

夏輝、と呼ばれた赤子を抱きなおして、母親は困った顔を浮かべていた。

もちろん秋人と呼ばれた子のことも大事なのだろう。

しかし、親とは幼子《おさなご》に敵《かな》わないものだ。どうしてもその赤子を気にせざるを得ないようで、小さな体を抱いて揺れる表情には、狂おしいほどの愛情が籠《こ》もっている。

ぐずる少年に手を焼きながら、赤子をあやす母の姿。

一般人が見ればなんの変哲《へんてつ》もない、微笑《ほほえ》ましい光景だろう。

下の子が産まれ、急に母親を取られた気になって癇癪《かんしゃく》を起こす幼子。大人ならば、よくあること、と笑い話ですませてしまうところだ。

だが、秋人という少年の様子は、子供の癇癪と言うには必死だった。

親を取られまいとする気持ちに間違いはないだろう。

しかしその敵意は、実の弟に向けるものとしては、刺々《とげとげ》しすぎる。

母親もそれを分かっているのだろう、最初は苦笑ですんでいた表情が、徐々に困惑、そして憔悴《しょうすい》、怒りへと変わっていく。

「どうしてそんなこと言うの！」

「だって、だって！」

「貴方《あなた》の弟なのよ？　かわいそうだと思わないの？」

「そんなの弟なんかじゃない！」

「っ、秋人！」

激高した母親が、感情に任せて平手を上げる。

しかしながら振り下ろされたその手が、幼子の頬《ほお》で痛ましい音を鳴らすことはなかった。

七海が、その手首を摑んでいたからだ。

「ちょっ……な、なんですかアナタ！」

当然、母親は狼狽《うろた》える。

彼女からすれば、七海と五条は親子の日常に割って入ってきた不審者だ。

暴力は咎《とが》められるべきもの、と分かってはいても、赤子に暴言を吐いた子供を叱らねばならない。赤の他人に介入されることは、彼女にとっては納得しがたいことだった。

しかし、七海たちには彼女を咎める理由があった。

大人として以上に、呪術師として。

「離してください！　親子の問題です！」

「そういうわけにもいきません。アナタ、自分が抱えている物が何か、お分かりですか？」

「何、って……」

「なるほどね、人形ってのはこういうことか」

「ひぃっ！」

七海の逆側から五条が顔を近づけ、母親の抱える赤子を覗《のぞ》きこむ。

「いったい何が出てくるのかと思えば……そういうことか。こんなのを売りつけて死者蘇生を謳《うた》うなんて、大したインチキ商売っぷりだよ」

「や、やめてくださいっ！　夏輝に触らないで！」

「へえ、そんなに〝それ〟が大事？　足元で泣き叫んでるお子さんよりも？」

「当たり前でしょう！　この子だって、私がお腹を痛めて――」

「購入したのでしょう？」

七海の言葉に、凍りついたかのように母親は動きを止めた。

素手を腸まで捩《ね》じこまれ、背骨を握り摑まれたかのような、絶望を伴う悪寒《おかん》。

それは明らかに、事情を知らねば出てこない言葉だった。


「――呪骸《じゅがい》？」

七海の言葉を反芻《はんすう》するように、その母親は単語を繰り返した。

馴染《なじ》みのない言葉だからだろうか、イントネーションがどこかぎこちない。

「ええ、簡単に言えば……そうですね。呪いの人形とでも言えば分かりやすいでしょうか」

七海の説明は、呪術に対する知識のない人間への配慮が感じられた。

社会人を経験していると、こういうところがしっかりしている、と五条はこっそり評価する。

「人形、って……だって、この子、こんなに」

「舌を巻くほどよく出来ていますよ。普通の人間が見れば、本物の赤子と区別がつかないでしょう」

「……この子は、本物の」

「そうじゃないことは、取引をしたアナタが一番よく分かっているのではないですか？」

「……」

「普通、呪骸をそこまで人間らしく作成できる呪術師はそういない。……これは推測ですが、アナタはそれを作ってもらうために、金銭以外に何かを要求されたのでは？」

「うっ……」

腕の中の赤子は、なるほど、実によく出来ていた。

宙を掴むように手足を揺らし、桜色に染まった頬をむずむずと動かす。母性本能をくすぐぐる教科書のような仕草だ。

とはいえ、それはあくまで見かけの話。

呪術師の目で見れば、悍《おぞ》ましさだけがそこにある。

当然の話だ。なぜなら――。

「おそらくは――」

「蘇らせたい赤子の死骸を要求されたんだろ」

「……五条さん」

「赤子に限定するわけだよ。成人の死体は持ち運べないだろうからね」

なんとか言葉を濁《にご》しながら聞き出そうとした七海だったが、ズバリ言い放つ五条に肩を落とす。

母親の動揺を見るに、どうやら五条の指摘は図星だったらしい。

死体を素材とし、生前のように動く呪骸。

呪術というものに理解があれば、それがいかに歪《いびつ》で、呪術を冒瀆《ぼうとく》し、人を堕落《だらく》させるものか分かるだろう。

しかし、それでも一般人に「死者が蘇った」という甘ったるい悪夢を見せるには十分だ。

その悪夢から覚ますには、五条の放つ冷水のような真実が必要なのも、また確かである。

あえてその役を買って出た、と言えば聞こえも良いが、五条がそこまで七海を気遣ったかどうか定かではない。

真意はともあれ、五条の話は続く。

「見た目は生きているようだけど、その実、プログラム通りに動くペットロボットと変わらないんだよね。それ」

「嘘！　だって、私ちゃんと聞いたもの！　……夏輝が帰ってくるって聞いて、お金を払ったんだもの」

「親ならば分かるのではないですか。自分の子の細かなクセ、感情を乗せた表情……そういう、生きた魂の気配が、その赤子には無いことくらい」

「…………」

「それに――」

七海は、サングラス越しの視線を一瞬だけ、秋人と呼ばれた子供の方へと動かした。

5歳程度と思《おぼ》しき小さな少年は、母親の足元に縋《すが》りながら、不安げに、しかし強い意思を感じさせる表情で、母の顔を見上げている。

「――その子には分かっているようですよ。自分の母親が、得体の知れない何かに心奪われようとしていることを」

「それは……」

「真実の形は人それぞれです。アナタにとって選びたい真実が、〝子供を一人も喪《うしな》わなかった今〟ならば、別にとやかく言う筋合いはありませんが……」

中指でサングラスを押さえ、七海はひとつ呼吸を置いた。

子供には、大人が思っている以上にしっかりと、覚悟を決めている時がある。

秋人なる少年には「自分が母親を繫《つな》ぎ止《と》めねばならない」と分かっているのだろう。感心するが、幼子にそう在る必要を強《し》いる、残酷な現実の痛ましさが勝《まさ》る。

だから七海は静かな祈りを籠めて、指摘する。

「〝アナタを心配する子供が生きている今〟から目を背《そむ》けていることは、事実でしょう」

「……っ……」

その母親も、内心では理解している。

七海の言葉が正しいことも、己の行いが逃避でしかないことも。

だからと言って「はい分かりました」とはいかないことも、七海は十分知っている。

一度失った者を取り戻して、また失う。

その残酷さを分かっていて、七海は選択を迫り続けねばならなかった。

「呪いを祓《はら》うよりキツいよね、人の未練を掃《はら》うのは」

五条がそう呟《つぶや》くほどの、涙と嗚咽《おえつ》を伴って、呪骸はようやく回収された。

地下では分からないが、外は随分と日が傾いただろう。力ずくの遂行では心の傷は癒《い》えなくなる。あの母親が自ら手放すまで、七海たちには待つ必要があった。

仕事していないんだから荷物持ちくらい、と言われ、五条は三回ほど渋《しぶ》ったが、結局七海の鞄《かばん》を持たされた。

その中には、母親から回収した呪骸が入っている。

「七海、手提げ鞄に入れるにはちょっと重いよこれ」

「適当に捨てていくわけにもいかないでしょう。それに、大事な手掛かりですから。その人形に籠められた呪力と見比べれば、微《かす》かな残穢だけでも大本を辿れますし」

「まあね。こいつを売った〝人形師〟もいちおう、痕跡《こんせき》を隠すつもりくらいはあったようだけど……やっぱモグリだろうよ、こいつ。雑にもほどがある」

「ええ、まったく」

はたして、呆気《あっけ》ないほどにあっさりと、元凶の根城は見つかった。

地下街の中でも、特に古い区画。

広いエリアから枝分かれして、とあるビルの地下フロアへ通じる道。地上階へ続く階段の裏に、入り組んだジグザグの通路。

元は居酒屋のテナントでも入っていたのだろう。

立地の悪さから、真っ当な商売をするには向かないであろうその場所は、しかし、やましい商売の拠点としては適していた。

帳《とばり》と同じ原理の術式で、一応、人目を避けてはいる。

それでも隠蔽《いんぺい》としては粗末と言うほかない。

残穢を追ってきた七海と五条には、まるで足跡が途切れず続いているかのように、はっきりと痕跡が確認できる。

「呪術師の人材不足を実感するよ。こんな三流が堂々と拠点まで構えてるってのに、野放しだったとはね」

「呪霊の強さは都心集中。呪術師の活動もそれに比例。どうしても地方へ向ける目は鈍《にぶ》くなりがちですから」

「この程度の悪徳呪詛師、本当なら放っておいても大した問題はないんだけどね」

どちらから、というわけでもない。

しかし特に示し合わせるでもなく、お互いに片足を踏み出して、

「ああいう被害を出すようになってしまっては」

「流石に潰しておかないとな」


ほとんど同時に、二人の呪術師は扉を蹴り破った。

木材と留め具の軋《きし》む音が派手に響き、埃《ほこり》が舞う。ヤクザ映画もかくや、というガラの悪さで登場した呪術師たちに、部屋の主《あるじ》――〝人形師〟は思わず腰を浮かせた。

「……な、なんだ、キサマら……？」

「客に見えるなら眼科行けよ、三下《さんした》」

「呪術師ですよ、真っ当な」

「オマエみたいなのと違ってね」

五条の声には、特に強い侮蔑《ぶべつ》の感情が籠もっていた。

押し入った室内の様子は粗末も粗末。

日本だか中国だか韓国だか分からない、無節操に雰囲気だけを追求した内装。

獅子《しし》の置物に作り物らしいミイラ。マムシのホルマリン漬け。土産屋《みやげ》に売ってそうなペンキベタ塗りの仮面――。

極《きわ》めつけは、部屋の主たる〝人形師〟の装いだ。

陰陽師《おんみようじ》なのか神主《かんぬし》なのか分からないその服装は、いったいどこのレンタル店から拝借してきたのか、というような安い生地。

その上から、辛《かろ》うじてまじない程度の効果を発揮するであろう、粗雑な札を包帯のように巻いて、己の身体《からだ》を覆《おお》っている。

呪術師の目から見て、それはまったく仮装の範囲を出ていない。

いくら相手が一般人とはいえ、それで人を騙《だま》せると思いこんでいるのなら烏滸《おこ》がましい。

いや、実際騙せてしまって、被害を出しているのだから救えない。

その在りようは一から十まで、呪術師への侮辱《ぶじょく》と言えた。

「呪術師……？　そ、そそ、そうか、き、キサマら、キサマらも呪術師か……！」

「〝も〟ってなんだよ。まさか自分を呪術師に数えてんの？」

「お願いですから、下手《へた》な抵抗をしないでくださいね。力加減をするのも疲れるもので」

抱く思いは七海も同じだろう。

サングラス越しの眉間《みけん》に刻まれるシワは深い。

そこには人形師の存在と、彼の非道に対する生理的嫌悪感が滲《にじ》んでいる。

今は武器こそ手にしていないが、七海は即座に戦闘行動に移れる構えをとっていた。

たとえ人形師が似非《えせ》呪詛師と言えど、一般人の感性から見ても分かる程度には、七海という一級呪術師の発する威圧感は強い。

逆にこの状況を楽観視できるなら、それは相当なマヌケか。

あるいは、既《すで》に正気を失っているか、だ。

「あっ、あ、あああ……な、何しに、何しに来た？」

「この期《ご》に及んで何しに来たか分かんねーなら喋るなって。馬鹿も行き過ぎると可愛げがない」

「わっ、わ、私には時間が無いんだ、時間がっ！」

「時間がないというのはこちらの台詞《せりふ》です。そろそろ四時を回る。出張先とはいえ時間外労働はしたくありません」

七海と五条は隣り合った姿勢を崩さないまま、人形師へと歩み寄る。

狭い室内、二人並んで入り口を塞《ふさ》げば逃げ場などない。

詰んでいると言って間違いない状況だ。

人形師に取れる手段は、こうなってしまうと限られる。

無茶を覚悟で、七海たちを突き飛ばして逃げ出すか。あるいは無様《ぶざま》に鈍器でも振り回して抵抗を試みるか。はたまた、観念してお縄《なわ》につくか。

——結果。

人形師が取った行動は、そのどれでも無かった。

「たっ、た、た、た——たすけてくれぇッ！」

「は？」

「よ、よよよ、よか、よかった。こっちから探しに行きたいところだったんだっ！　本物の呪術師ッ！　た、たすけてっ、金なら貯めたッ！　だから、だからっ」

人形師はあろうことか、七海の足元へと縋りつき——助けを乞《こ》うた。

その時点で、七海たちは同時に違和感に気が付いた。

確かに人形師は、とても呪術師とは呼べないような男だ。

七海はおろか、高専の一年生に任せても一人で制圧しきれるだろう。それほどに、人形師は呪術師として、呪詛師として、弱い。

だが——弱すぎる。

呪骸に籠められていた呪力はけっして強いものではない。

その術式も単純なもので、人間の呼びかけに機械的反応を返すだけの、まやかしに過ぎない。

だとしても、弱すぎる。

その程度の呪術すら、七海の脚に縋りつく、目の前の男が使えるとは思えない。

だというのに、その男からは確かに、呪骸と同じ呪力が漏れ出している。

即ち、一つの真実に辿りつく。

「――七海」

「ええ。戯《たわむ》れに人々を呪っていたかと思いきや――呪われている側だったようで」

その掛け合いが合図でもあったかのように、異変は始まった。

人形師の衣服を縛っていた、無数の札を引き裂いて――いくつもの〝腕〟が、服の下から鞭《むち》のごとく飛び出した。

「チッ」

七海は最低限の動きで避《よ》けようとしたが、瞬時に判断を切り替えた。

振るわれた〝腕〟の先から、小さな虫のようなものが何体か飛んできたからだ。腕の直撃を避けながら、七海は着ていたスーツの上着を乱暴に脱ぎ、その虫らしきものを払い落とす。

「……これは……」

人形師の身体は、まさに肉人形と化していた。

人と人形が、歪に癒着《ゆちゃく》して崩れた輪郭《りんかく》を形作る。首と左腕はかろうじて生身を保っているが、左胸から下は痛ましいことこの上ない。

心臓に嚙《か》みつく、憎悪に歪《ゆが》んだような人形の頭。

竹槍《たけやり》のように尖《とが》った幾本もの木製の骨格が肉を突き破って人体と結合し、その身体の七割以上は人形にとって替わられ、蜘蛛《くも》のようなシルエットを描いている。

「あ、あぁあああ、たすけ、たすけてっ。金が、金、金ならあるからっ、祓っ、祓ってくれぇ！　こいつが、こいつがいつがこいつこいつこいつ、離れはなはなれれレレレレレレ」

痛みと恐怖に暴れる人形師は、無数の腕を鞭《むち》のように振り回す。

その威力自体も、さながら嵐のごとく、生身で受ければ骨を粉々にへし折るだけのものはあったが、真の脅威はそれではない。

最も悍《おぞ》ましいのは、人形の腹から湧き、わらわらと肌の上を蠢《うごめ》く、無数の小さな虫。

いや……よく見れば分かる。それは小さな呪骸の群れだ。

それらは人形師の体と、服の下に隠されていた〝赤子の死体〟を食《は》みながら、ゆるやかに増殖と成長を続けていた。

「……呪骸の生産工場を兼《か》ねる、自己増殖する呪骸、ですか」

肉と髪を編むようにして、いくつもの呪骸が今もなお、ゆっくりとしたペースで生み出されている。

男の身体がいかにして浸食されていったのか、もはや語るべくもない。

そして最後の疑問も解決される。

「〝親にわたす呪骸作成に死体の皮を使ったのなら、残りの肉はどうしたのか〟と思っていたけど……なるほど、食われる肉を補填《ほてん》していたわけだ」

「死体を使ったとはいえ、こんな男がどうやって、あの精巧な呪骸を仕上げたのか、というのは疑問でしたが……」

「現代の呪術師がおいそれと作れるもんじゃない。おおかた古い呪術師の家系の成れの果てが、蔵の底から掘り出したって呪具……もとい、暴走呪物ってとこだろ」

「ややこしい送金体制まで用意していた以上、最初は純粋な金儲《かねもう》けだったのでしょう。悪意があったことは明白です。そもそも情状酌《しゃくりょう》量の余地はないでしょうが……」

心底疲れたように、七海がため息を吐く。

「死体どころか生者も貪《むさぼ》る代物《しろもの》だ。悠長《ゆうちょう》に構えちゃ、いられないでしょ」

いかにも気怠《けだる》そうに、五条が肩を落とす。

人肉を食《は》み、人形を生み出す人形。

その肉を賄《まかな》うため死体を集め、それでも間に合わず、今や人形に取り憑《つ》かれた人形師。

そのどちらも、おおよそこの世に存在して良いものではない。

七海と五条の表情は、同じ部類のものだった。

籠められた感情は、諦観《ていかん》。

現状を受容した人間の顔。

それは——救いを求める人形師にとって、喜ばしいものであるはずもなく。

「えっ、あっ、あアっ、た、たす、タスけて、クレ、くれるんじゃや……？」

「いや無理だろ。分かるでしょ、自分で」

「これほど状況が進行していなければ、家入《いえいり》さんなら切除できたのかもしれませんが」

七海が、背に手を伸ばす。

彼は背に、鉈《なた》と形容するのが相応《ふさわ》しいだろう、大振りの刃《やいば》を帯《お》びている。

七海は背負っている。

サラリーマンを辞《や》め、呪術師を選んだ者として。振り下ろすべき刃を背負っている。

その刃を、七海は人形師へと突きつける。

「ま、マテ、ナンダそれは」

「7：3」

七海は、刃で空を切る。

「私の術式は、対象を線分した時……7：3の比率の点に、強制的に弱点を作り出します。それは生物と非生物とにかかわらず、アナタのように両方の融合した物体に対しても、一個として適用されます」

「……な、ナニを言って……」

術式の開示。

縛《しば》りによる、術式効果の増幅。情報を説明するデメリットを前提とした攻撃力のアップ。それは即ち、七海にとって絶対殲滅《せんめつ》の意思表示とも言える。

「その姿を気の毒に思わないことも無いですが、そもそも発端として、アナタが危険な呪術で金儲けを行っていたことは明白です」

「……お、オオ、おい、おイ？　冗談だろ？　わ、ワワわ、私は人間だぞ？　呪術師だカラって、に、人間を、ソ、その刃デ、ど、ドドど、どうすルつも、ツモリ」

「その身体は、もはや手遅れですし」

「いやっ、いやだっ、やだやだやだっ、ヒッ、そんな仕打ちあるカ！　私は、死者を蘇らせてッ！　救ってやった！　人のココロ！　私が救ってやったンダ！　なのに私ダケ！

「こ、こんなめっ、こ、ここここっ、ココロッ！　コロッ、コロシッ！　ココロッ！　コロッ、ココ」

「既に言語も自意識も危《あや》うい。何より――」

七海は狭い室内で、器用に刃を振《ふ》り被《かぶ》る。

その動作に確実な殺意が籠もっていることは、人形師の目から見ても明白。絶対的窮地《きゅうち》に追いこまれた時、取れる行動は多くはない。

恐怖と焦燥《しょうそう》が人形師を支配する。

そして……いつ弾《はじ》けてもおかしくない緊張の糸を、七海の言葉が断ち切る。

「――他者へ呪いを振りまいてしまったアナタは、既に呪いそのものですから」

「コロシてやルぁアぁあああああああアアアア！」

かくして、人形師は七海に飛びかかった。

辛うじて残った一本の生身の腕と、無数の人形の腕を振りかざして。

七海は、動じない。

ただ、身体のバネを使って、振りかぶった刃で風を切る。

「大人ならば、責任を負いなさい」

一刀。

「────ア」

断末魔の声も上がらない。

情報の開示によって増幅した術式は、人形師の身体を7：3、正確に切断した。

袈裟懸《けさが》けに切り落とされた身体は、綺麗《きれい》に人形の部分と生身の部分に分断され、床へと崩れ落ちる。

おそらくは人形師の魂を養分に動いていたのだろう、切り離された人形の身体は、ガチャガチャと無機質な音を立てていたが、やがて動かなくなった。

そして。

「……ア……ア……ア、あ……あぁ……」

言葉にもならない声で、か細く呟いて、人形師は糸の切れた人形のように動かなくなった。ほどなくして、まるで臍《へそ》の緒《お》を切られた仔《こ》のように、小虫の如《ごと》き小さな呪骸も、次々と動きを止めていく。

皮肉にも、死の間際《まぎわ》の一瞬とはいえ、人形から切り離された生身の身体は、人間として死ぬことができたと言えるだろう。

その真実が、決して誰の胸を晴らすものでなかったとしても……七海の一刀が彼を人間に戻したことだけは、事実である。

「お疲れ、七海」

五条に肩を叩《たた》かれ、七海は凝りを解《ほぐ》すように腕を回した。

「アナタがやってくれた方が楽だったのですけどね」

「こんなヤツでも一応、人間として葬るんだったらオマエの術式の方が向いてるよ」

「向きたくありませんね、こんな仕事」

「とりあえず帳だけ下ろして、処理は任せよう。さすがに死体の処理は手に余る」

「今回何もしてないでしょうが、アナタ」

七海の長いため息を最後に、室内には静寂《せいじゃく》が戻っていく。

獅子の置物も、作り物らしいミイラも、マムシのホルマリン漬けも相変《あいか》わらず、主を失った室内に鎮座《ちんざ》している。

その部屋の主が、人間だったのか、人形だったのか。

呪術師たちが訪れた時点では、曖昧《あいまい》な話。

ただ、床に広がった血の痕《あと》は、人間の証明であるかのように鮮《あざ》やかで。

やがてその痕跡も、まるで何事も無かったかのように、跡形《あとかた》もなく拭《ぬぐ》われて。

最後に静寂だけが、地下の奥に残った。

「医者の不養生《ふようじょう》、って言葉あるよね」

バーカウンターでグラスを揺らしながら、五条は不意に呟いた。

前置きなく切り出したので、七海は話しかけられているのだと一瞬気づかなかった。

「……人形師のことを言っているんですか？」

「呪術師全体のことだよ。呪いへの対処ってのは、つまるところ人の負の感情への対処だ。気の晴れない仕事も多くなる」

「自分自身が呪いを溜めこむ危険性、ですか」

「慣れはしても気持ちよくはないよね。酔いたくもなる」

「アナタの注文〝フロリダ〟でしょ。ノンアルコール」

「僕は何もしてないから酔わなくていいんだよ」

「堂々と言わないでください」

〝ギムレット〟を飲み干す七海を見て、五条は笑う。

「七海はさ、割と情に厚いんだよね」

「なんですか、急に」

「割り切れるけど、平気ってわけじゃないだろ。そういうところで生まれた摩擦《まさつ》って、大人なら多少は処理する手段があるよね。それこそ、酒は心の特効薬だ」

「あまり面白くない話ですけど、続きますか？」

「別にからかってんじゃないって」

サングラス越しに胡乱《うろん》な目を向ける七海だったが、五条の顔に、普段通りの軽薄な笑みが浮かんでいないことを確かめると、静かに話を聞く姿勢に戻る。

それを察して、五条も話を続けた。

「呪いを産むのが人である以上、僕が受け持つ生徒たちも、いつかはクソみたいな人間の悪意と向き合う時が来る」

「……呪術師ですからね」

世界は理不尽に満ちている。

人の悪意、生じる呪い。呪術師に限らず、人はそういった苦みを噛みしめ、諦めを知り、絶望を積み重ねて大人になる。

七海はそれを知っている。

五条は、七海がそうやって出来た大人であることを知っている。

だから、彼は七海に語り掛ける。

「僕らみたいなのは、そうやって心に回った毒を吐き出す手段を知っている。でも、多感な時期の若人は別だ。一度の毒が心を壊すこともある」

「子供に残った毒を処理してやるのは、大人の役目でしょう。教職であるアナタの方が存じているのでは？」

「分かってるよ。だからオマエと話をしにきたんだ」

グラスの中身を飲み干して、五条はバーテンダーに注文をつける。

「〝シンデレラ〟を二人分ね」

「冗談でしょう」

先の注文に輪をかけて甘いカクテルが、自分の分も用意されたことに七海は目を細めた。

当然ノンアルコール。ミックスジュースの類《たぐ》いだ。

文句を言いたげな七海を無視して、五条は視線をバックバーの棚に向けながら、話を続ける。

「一度ね、オマエに預けてみたい子がいるんだよ」

「伏黒《ふしぐろ》君ではないでしょう？」

「虎杖悠仁《いたどりゆうじ》。知ってるだろ」

「…………亡《な》くなった、と聞いていましたが」

「呪いの王を宿しているんだ。〝死者を蘇らせる人形〟なんてインチキとは、ワケが違うんだよ」

　バーテンダーがそっと、カウンターにグラスを二つ置く。

　沈む夕日のような、黄金色《こがねいろ》の液体。

　そのネーミングを考えれば、満月の色かもしれない。あるいはその名を口に出された、少年の髪の色に見えるかもしれない。

　最後には正しき結末を迎える、ロマンチシズム溢れるお伽噺《とぎばなし》のように、そのカクテルは甘い。

　自分のグラスをつまんで揺らしながら、五条は続ける。

「僕も多忙だし、オマエと邪魔抜きで話せる機会は何気《なにげ》に貴重なんだ」

「アナタが今の呪術界を嫌っているのは分かりますが、私はこれでも規定側の人間です。宿儺の器に対して、アナタがどのような思惑《おもわく》を持っているのかは知りませんが……」

「宿儺の器じゃない。あくまで、虎杖悠仁という一個人についての話だよ、これは」

「それを切り離して話すことが許されるほど、彼は気楽な身の上ではないはずですが」

「悠仁はさ、真っすぐな子なんだよね」

五条の指先が、グラスの縁《ふち》を撫《な》でる。

弦楽器の高音のような響きが、微《かす》かに鳴る。

「覚悟も度胸もある。戦いに必要な思い切りも。それでも、真っすぐすぎるところはある。そういう子は、一度でも心折れた時が心配なんだ」

「それを私に話して、どうしろと？」

「言ったろ？　僕は多忙でね。精神的な成長のケアまで手が回るとは言えない。一度オマエに預ける機会があると助かるよ」

「私がその頼みを聞くとでも？」

「だから頼んでるんだよ。呪術師にしろ、宿儺の器にしろ……一人の若人の、健《すこ》やかな成長を願う大人として」

軽薄で、適当で、冗談ともつかない言葉を並べ立てるのが五条悟の常だ。だからこそ、真面目な言葉は聞けば分かる。

「人の痛みが分かる大人に預けたいからね。オマエみたいに」

「……そんな甘ったるいことを言うために、わざわざ此処《ここ》まで？」

「僕が甘党なの、知ってるだろ」

笑いながら、五条はグラスの片方を七海の方へと寄せた。

甘く酸《す》っぱい、黄金のカクテル。

青春のくすぐったさを詰めこんだようなそれを、七海は少しの間、黙って見つめ、

「私は苦手ですけどね」

特に示し合わすことなく、二人は同時に、グラスの中身を飲み干した。

「甘っ」

「旨いだろ」

静かなバーに、対照的な声が響く。

呪術師たちの夜は更《ふ》ける。

数多《あまた》、渦巻く辛酸《しんさん》と、舌に残るような甘さを抱いて。

第３話　闇《あん》中《ちゅう》寓《ぐう》話《わ》

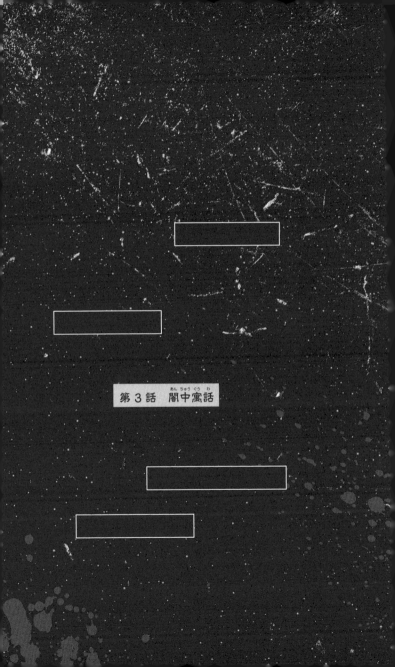

木を隠すなら森の中。

ならば、人を隠すなら街の中だろう。

であれば、真に人間たる呪霊《じゅれい》が、街なかに隠れ家を設けるのも道理である。

実際のところは、人間などとても暮らせないような、山奥や樹海のような畏れの満ちた場所の方が、呪霊とて穏《おだ》やかに過ごしやすい。

それでも、現代の転覆《てんぷく》を企《たくら》む呪霊一派としては、侵攻においても退避においても、市街地に拠点を作る意義はある。その場合も、なるべく負の情念が集まるところが望ましい。

とにかくそういうわけで、ある詐欺《さぎ》企業の職員が皆殺しになった。

「こういう手合いは楽でいい。人目につかん場所を巣にする上に、群れておるからまとめて掃除しやすい」

燃えカスを踏みにじりながら、漏瑚《じょうご》が笑う。

約二分前まで、事務所の中には六人ほどの人間がいた。

処理の仕方は色々と考えられたが、結局燃やすのが一番早いということで、漏瑚がさっさと炭にした。

「でもさ、人間が使ってた建物なんだろ？　管理してた人間がいるなら面倒なんじゃないの？」

棚に飾られていた、成金《なりきん》趣味の壺《つぼ》を突つきながら尋《たず》ねる真人《まひと》。

どうやらその懸念《けねん》は必要ないようで、笑みを浮かべながら答えようとした漏瑚だったが、意味を成さない言語が遮《さえぎ》った。

「[illegible]」

「ええい貴様は喋《しゃべ》るな花御《はなみ》！　頭が痒《かゆ》くなるわ！」

意味を成さぬ音でしかない花御の言葉は、なぜか頭に直接意思を伝えてくる。その感覚が不快らしく、漏瑚は苛立《いらだ》つ。

またか、という目で見ている真人に気づくと、漏瑚は苛立ちを残したまま説明する。

「フン……なに、心配せんでも夏油《げとう》に狙い目を聞いてきた。こういう後ろ暗い部類の人間はな、上の連中が忌《い》み事《ごと》に詳《くわ》しいのだそうだ」

「ふーん、呪いの仕業《しわざ》だって分かるようなことなら、逆に近づかないわけだ」

「然様《さよう》。ただでさえ此処《ここ》は真っ当な人間なら近寄らぬ場所。街なかの隠れ場所としてはうってつけよ」

「そういうものなの？」

「なんだ真人、不満そうだな。何を憂《うれ》うことがある。市街でことを起こす支度《したく》をするにも、咄嗟《とっさ》に逃げこむにもそれなりの好立地であろうが」

「んー……いや、そうなんだけどね」

「なんだ、早《はよ》う言え」

「趣味悪いからさ。この部屋」

「ハァ？」

ぽんっ、と漏瑚の頭から小規模な噴火が起こる。細めた一つ目が、なだらかな山のようなラインを描いた。

「下品だろ。テカテカの壺に金ぴかのライオンの置物。安っぽいサイドボードとか」

「何を言っておるか！　何に影響されたのか知らんが貴様、最近そういうところ五月蠅《うるさ》いぞ！」

「映画だよ」

「映画ァ？　面白いのか、あんな人間の上《うわ》っ面《つら》を磨いて塗り固めたようなモノ」

「魂の構造を考察する参考にはなるよ」

真人は曖昧《あいまい》な笑みを返した。

人間に彼を見ることができるなら、小学生が読書感想文で身につけた知識を語るような、少し得意げな空気を纏《まと》っていると思うだろう。

「正直言えば、俺にも話はあんまり面白くないけど、人間の視覚的な美的センスは嫌いじゃない。そうは言っても、この部屋は無駄な色も多くて目に喧《やかま》しすぎる」

「ごちゃごちゃと餓鬼《がき》の我《わ》が儘《まま》を……邪魔なものは燃やすなり、棄《す》てるなりすればよかろうが」

「いや、俺は俺で落ちつけるところを探すよ」

「なに？　あ、おい。何処《どこ》へ行く」

漏瑚の言葉を待たずして、ひらひらと背中越しに手を振りながら、真人は煙かそよ風のようにどこかへ消えてしまった。

「まったく。人の畏れから生まれたせいか、ヤツは呪いとして見ても軽薄に過ぎるきらいがあるわ。映画などと……」

ブツブツと文句を言いながら、漏瑚は懐《ふところ》からパイプを取り出して咥《くわ》える。

もっとも、人間の煙草に近いそれではなく、吸うと悲鳴をあげる、顔のような何かを模したパイプだが。

「しかし、真人のヤツめ」

漏瑚は一つ目で、ぐるりと室内を見渡した。

「……言われてしまったら、儂《わし》にまで悪趣味に見えてきたではないか」

「」

「だから黙っとれと言っとろうが!!」

肌に馴染《なじ》む隠れ家というものは、自分の足で探してこそ見つかるものだ。

真人は信号に出会うたびに左右交互に曲がったり、野良猫の散歩につきあったり、あるいは雲の形が気に入った方角へ歩いたりして、街を散策した。

そうしながら道を巡っていると、真人は人間の滑稽《こっけい》さをしみじみと感じるのだ。

そこは人間の街であるというのに、街を行きかう誰も、真人より自由に歩いてはいない。

誰もが窮屈《きゅうくつ》そうに、しがらみや見栄《みえ》に囚《とら》われて、広く深く大きな街を、視野を狭《せば》めながら生きている。

頭上に広がる空が無限に大きいことを知らず、自《みずか》ら区切った石造りの街を、魂の認識でさらに細かく切り分けて、狭く卑屈に過ごしている。

真人は人間の概念を、言葉としてはいくつか学んでいた。

例えば、彼らはそれを倫理と呼び、彼らはそれを常識と呼び、彼らはそれを感情と呼ぶ。

魂が外的刺激を受け、代謝するに過ぎない機械的動き。

そんなものに身体《からだ》を支配され、他者の視線を恐れ、世界の評価に媚《こ》び、自由さを手放して生きている。

「――もったいない」

誰もみな、人が自ら作った、虚飾の枷《かせ》に縛《しば》られている。

だからこそ、呪いが人間にとって変わらねばならない。この広大な空の下を、無様《ぶざま》に這《は》い回《まわ》るような営みしかできないのなら、世界を譲《ゆず》ってもらわねばならない。

真人は考える。

魂の向くままに、考えて。風の吹くままに、歩いて。

やがて、太陽が西の空を下り出すころ。川のせせらぎが聞こえてきた。


「悪くないね」

真人が見つけた隠れ家は、川を横断する橋の下。

ぽっかりと伽藍《がらん》のように空《あ》いた、トンネルだった。

トンネル内には配管らしきものが通っており、澄んだ水が川へと流れこんでいる。どうやら生活排水を浄化処理した上で流しているようで、不快感は薄い。

空気はジメジメとして、苔《こけ》が放つような独特の青臭《あおくさ》さはあるが、十分飛んだり跳《は》ねたりできるような広さと、コンクリートのひんやりとした質感が涼しげに迎えてくれる。

呪霊の好む季節というものがある。

人間の負の情念は、冬の終わりから春にかけて蓄積される。

そしてそれらの熟成《じゅくせい》のピークと言えるのが、梅雨時《つゆどき》。

しっとりとしたトンネルの中には、梅雨の空気がある。そこに広がる薄暗がりには、畏れを培養しやすい陰気がある。それらは真人の肌をしっとりと潤《うるお》すような、居心地の良さを感じさせる。

「うん、ここにしよう」

住処《すみか》選びは感覚に従う方が良い。

おそらくは人間もその方が良いのだろうが、人間にはおいそれとできないことを、真人は迷わず決断する。流れるが自由なら、落ちつくも自由だ。

コツコツと硬い感触を返す、コンクリートの床を機嫌《きげん》よく叩《たた》きながら、真人はトンネルへと踏みこんでいく。

居心地のよさそうな空間に、魂の代謝《たいしゃ》がスムーズになる。

ところが。

「あれ？」

少し歩いて、真人は〝それ〟の存在に気が付いた。

最初は、人間が不法投棄《とうき》したゴミの類《たぐ》いかとも思った。ズタ袋のようなシルエットが、壁に寄りかかるようにして固まっている。

一見すれば、ボロ布を固めた塊にしか見えなかったかもしれない。

しかしながら、それには魂の形があった。

――へぇ、生きている。

そう真人の気づいた通り、それは人間だった。

ボロボロの布を纏い、伸ばし放題の髪と髭《ひげ》が、人らしいシルエットを隠しているが、確かにそれは人間だった。

歳《とし》のほどは見た目ではっきり分からない。六十歳程度なのか、八十を超えているのか、とにかく老人であろう輪郭《りんかく》を持っている。

ちょっとだけ面倒だな、と真人は思った。

せっかくの隠れ家に住みついていた先客。

無論、真人にしてみれば片づけるのは簡単とはいえ、新居の壁にシミを見つけたような不快感を覚えた。

とにかく、処理するならとっととやってしまおう。

そう思った真人は、小さくため息を吐《つ》きながら、老人へと手を伸ばす。

すると不意に、老人が声を出した。

「……不愉快ならば申し訳ない」

「ん?」

「何をしに来たのかは知らんが……私のような老いぼれが居ついていたので、気分が悪くなったのだろう。だが私にも、他に行く場所がない」

真人は少々面食らった。

老人は明らかに、真人へ意識を向けて、声をかけていた。これが人間同士の対面であったなら、何も驚くことはない。

しかし、真人は呪霊だ。

単なる人間の瞳が、はっきりと、呪霊を存在として捉《とら》えることはない。

もっとも、あり得ないことではない。先天的に呪力を持っているのなら、呪霊を認識できる人間は、それほど珍しいものではない。

真人の興味を引いたのは、その老人に〝目〟が無かったことだ。

物理的な意味での、眼球がない。本来、瞳があるべき二つの眼窩《がんか》は、痛々しい火傷《やけど》の痕《あと》によって塞《ふさ》がれている。

呪術師といえども、世界を瞳で見る。

呪霊を認識するうえで、視界を頼る。だからこそ呪術師の多くは、視線を隠すサングラスなどを用いる。呪霊に気取られぬように、あるいは日常的に呪い溢《あふ》れる世界で、精神の均衡を保つために。

ところが、この老人はそうではない。

「俺が見えているんだ?」

真人が問いかけると、老人は静かに頷《うなず》いた。

「感じているとも」

「アンタには世界が見えていないのに?」

「無論。景色はおろか、君がどのような顔立ちなのか、如何《いか》なる肌の色なのか。男であるか女であるかも曖昧だ。それでも……君がそこに居ることは分かる」

「……アンタ、呪術師？」

「おそらく、違うと思う」

「曖昧だな、自分のことなのに」

「随分前から、自分のことが一番曖昧なのだよ」

少々、奇妙なことに気が付いた。

真人は人間の魂、その形を感じられる。

魂が刺々《とげとげ》しい形を取ったり、あるいは弱々しく萎《しぼ》んだり、弾《はず》むように揺れたり、そういう代謝の動きが分かる。

ところが、その老人の魂は、ほとんど代謝していない。

無風の草原のように。波立たぬ海のように。雲のない青空のように。

いや、例えるならば石が最も適切だろう。

路傍《ろぼう》の石のような魂。飾りなく、磨きなく。動かず、揺れず。静かに苔生《こけむ》していくままに、緩《おだ》やかな時を過ごしている。

老人の魂は、そのような形をしている。

いかに穏やかといえど、人の魂はどれほど老いても揺れ動く。

歳《とし》を重ねたところで、常識は消えず、我欲は拭えず、恐怖は克服できぬもの。

ところが、その老人は違っていた。

老人の魂は穏やかだった。時と共に朽《く》ちることを心から受け入れている。だからと言って不自然に命を捨てもしない。真なる意味で天然自然の存在に近いもの。

それは真人にとって、初めて出会う部類の人間であった。


トンネルは真人の、ひと時の巣穴となった。

真人はどこから持ってきたのか、トンネルの配管にハンモックを張って、ゆったりと横になって読書などして過ごしている。

無人島生活を描いた映画で、明日を生きるにも必死だった人間が、ハンモックを作ると束《つか》の間《ま》とはいえ安らぎを取り戻していた。その寝心地が随分良さそうだったので真似てみたら、これが具合がいい。

喧噪《けんそう》の届かないトンネルの中は、耳を撫《な》でるようなせせらぎだけがＢＧＭになる。魂を静かに落ちつけるには良い環境だった。

真人は書物でのんびりと知識をつけながら、時折、ぼうっと天井を眺めてみたり、あるいはそれとまったく同じ調子で、隅《すみ》に座る老人を見下ろしてみたりした。

「どうやって生きてるのか、不思議なもんだね」

真人は結局、老人を殺さなかった。

老人がまったくもって、真人の邪魔をしなかったというのが大きい。居るのも居ないのも同じなら、始末するだけ面倒だと思った。

老人は野良猫よりも静かで、きままに、ただそこに居る。

真人の知識には、「人間は考える葦《あし》である」という言葉がある。

人間の雑草のごとき脆弱《ぜいじゃく》さを表しながらも、魂を思考に囚われている様《さま》を誇っているあたりが滑稽だ、と気に入っている。

その老人は考えない葦といえる。

いや、もっと静かな、例えば芝であるとか、苔の類いかもしれない。とにかく、老人は物言わぬままそこに居る。

時折、ふらりとどこかへ出ていったかと思うと、いつの間にか帰ってきて眠っている。どこかで食事をしているのかもしれないが、肥《こ》える様子もない。十あったその身が八ほどに痩せてきたら、また十に戻してくるだけの摂食《せっしょく》行動なのだろう。

その生き方はあまりにも自然で、生命というより、ただの現象のように思える。

「だから、俺が見えるのかな」

そんな疑問が、不意に口をついた。

真人は別に老人に語り掛けたわけではない。ただ、そんな口調になっただけの独《ひと》り言《ごと》だ。

しかし、老人がその独り言にも、まったく魂の揺らぎを見せなかったことに気づくと、真人はいよいよ老人に話しかけることにした。

「アンタはいつからここに居る？」

「さあ、何度かは冬を越したと思うのだが――定《さだ》かでない」

静かに、呟《つぶや》くように老人は返事をした。

魂を持つものが二人いて、お互いを認識できているなら、たまには会話をした方が自然だな、と真人は感じた。

「退屈はしないのかい？」

軽く話しかけると、老人も軽い声を返す。

「退屈のしかたを忘れてしまってね」

「普段、ここでどんなふうに過ごしているのさ」

「何も。ただ、音を聞いている」

「音？」

「水の流れる音を」

「……楽しいのかい？」

「楽しくはないさ。楽しみ方も忘れて久しいのだから、困っちゃいないがね」

なるほど。真人は頷いた。

この老人は退屈を苦痛と感じないほどに、魂が摩耗《まもう》しているのかもしれない。

あるいは摩耗したと言うより、研磨されているのかもしれない。

街の人間は、足りぬことを苦しみ、辛《つら》いことに喘《あえ》ぎ、満たされればそれ以上を求める。

負の感情という贅肉《ぜいにく》を蓄えて、魂がボコボコと太っていく。

その点、真人から見てその老人の魂は、痩せてはいたが、スマートであると言えた。

満ち、肥えた人間の魂からは、満たされた今を失うかもしれないという恐怖が生まれ、転じてそれが呪いとなる。

「アンタは——呼びにくいな。名前は？」

真人が尋ねると、老人は瞬きの間だけ、宙を見た。

「捨ててしまった。呼びたければ好きに呼べばいい」

「名前のない人間がいるんだ？　呪いにも名前はあるのに」

「人と会わないと必要がなくてね」

「ないと困るだろ」

「どんな時に？」

「墓に入る時に」

「名前の要《い》る墓には入らんよ。集合墓地にでも詰めこまれるか、おそらくは人知れず朽ちて、土に還《かえ》るか」

「ジョークも通じないのかよ」

「……ジョークだったのか？」

老人は笑わなかったし、真人も笑わなかった。

ただ、真人は老人の様子に、外見とは裏腹な幼さを感じた。執着の無さから来る無垢《むく》な性格が、老人を見た目以上に若くしているのかもしれない。

ふつふつと、真人は老人に興味が湧《わ》いてきた。

初めて見るタイプの人間の、初めて感じる形の魂。真人にとっては珍しいサンプルケースだ。

いったい如何なる人生を歩めば、こういう人間が出来るのか。

こういう人間の魂は、どういう形で弄《いじく》ると面白いか。こういう人間を利用して、どんなことを企めるか。

そして——いったいこういう人間からは、いかなる呪いが生じるのか。

興味のもとに、真人は老人と喋り出した。

「アンタは、どうしてここに居る？」

「…………どうして？」

老人は、伸ばし放題の前髪越しに、天井を見上げた。

塞がれた眼窩だ。何も見えていないだろうに、それでも人間は考え事をする時、何もない場所へ視線を向けるらしい。真人は一つ、好奇心を満たした。

「アンタだって、トンネルの中で生まれて育ってきたわけじゃないだろ？　人間なら、あの騒がしい街の中に居たはずだ」

「ああ、そりゃあね。昔はそれなりに忙しく生きていたさ。家を受け継ぎ、働いて、金を稼いで、家族を養っていた」

「そこそこ地位のある人間だったわけだ」

「人間社会の中ではな。今にして思えば、さほど意味のあることではなかった」

「それがなんだって、ネズミみたいに穴倉暮らしを始めたのさ」

「それまで持っていた地位も金も居場所も、全《すべ》て無くなったからな」

「無くなった？」

「詐欺でね。その時に瞳も焼かれたので、光も無くなった」

　真人はふと、漏瑚が襲撃した企業のことを思い出した。

「騙《だま》されたわけか。けっこうお人よしだったんだな」

「騙されてもかまわなかったからね」

「おかしな爺《じい》さんだな。人に騙されて気持ちよくなる趣味でも?」

「騙そうとされる時点で、そこまでの人間だったということだよ。相手は私の旧友と、私の妻。事故という体《てい》で私の目を焼き、心身の世話という名目で、気づいたころには全ての権利が奪われていたらしいね」

「けっこう派手に騙されてるんじゃないか。他人事《ひとごと》みたいに言うんだな」

「二人は愛し合っていて、私は誰からも愛されていなかった。騙されたことよりも、それが分かったことの方が、私には重要だった」

　真人には、老人の言葉の解釈は難しかった。

　愛。それはそんなに重要な一文字なのだろうか。

　世の中には愛から生まれた呪いも存在すると言う。その中にはとてつもなく強大なものもあったらしい。しかし、人が人を愛するメカニズムは、猫が毛布に執着することと如何ほどの違いがあるのか、真人には分からない。

しかし人間がそれに執着することを、真人は知識として知っていた。

「アンタは、呪わなかったのか？　アンタを騙した連中のことを」

「別に」

「別に、ね。普通そういう状況なら、人間は怒るなり恨《うら》むなり、魂を負の形で変性させるはずだけど」

「本当に。復讐してやろうとか、痛い目を見せてやろうだとか、そういうことを考えるだけのエネルギーは無かったのだろうね、私には」

「……なるほど」

真人は頷き、解釈した。

人間の感情の動きが想像できるかはともかく、真人が今まで学んできた映画や、小説や、詩歌。そして弄ってきた人間たち。それらのサンプルから総合して、老人の話を嚙《か》み砕くことはできた。

「つまりアンタは、絶望したわけだ。魂が瀕死《ひんし》になるほどに。だから恨みや呪いを産み出すところを突き抜けて、そんなふうになった」

老人は、ゆっくりと首を横に振った。

「失望ではあったかもしれない。ただ、君は私が激しい絶望を経験した、と思っているかもしれないね」

「失望と絶望は違うのか？」

「違う。これはかりは、経験しかないな」

老人は、記憶を辿るように顔を上げた。

「燃えるような憤りも、濁流のような悲しみも無かった。ただ……疲れていたのだろうね、私は。仕事、名声、立場、責任、交流、財産、家名。まあ、たぶん……そんなような、色々なものに。疲れて、疲れて、すり切れていた」

「だから、最後に騙されても、怒りはなかった？」

「楽になった。失望とは、魂が身軽になることを言うんだよ」

老人の声は穏やかだった。

濁った水が、濾《こ》し清められた後のような、清《す》んだ冷たさがその声にはあった。

「光も、金も、愛も。何もなくなってから……街を歩くと、ふと、全てどうでもよくなった。そうして眺める街は、違った景色に見えた」

「目が見えないのに？」

「ああ。何も見えないと、どこまでも広がる音と、風しかない。街を区切る壁すらも視《み》えず、ただ、ただどこまでも、星のない夜空のような闇が広がっている。世界は広かったのだな、と初めて分かった。そして……ああ、自由じゃないか、私は。と、そう思った」

真人はぱちぱちと、瞬きをした。

老人の思考は、真人が今まで集めてきた、どの人間のケースとも嚙《か》み合わない。その過去を聞いても、真人には老人の思考に理解が及ばなかった。

ただ、真人から見ても確実に、老人は自由だった。

この空が広いことを、トンネルの中に居ながらにして、老人は知っていた。

おそらくは街なかを自由に歩く、どんな上等な立場の人間よりも、老人はそれを知っていた。空の広さを、風の柔らかさを、水音の優しさを知っていた。

落伍者にしか見えない老人は、財産も地位もなくとも、人との繫《つな》がりすら失ったからこそ……何より得難い〝自由〟の二文字を知り、それを見つけたのかもしれない。

執着することなく、畏れることなく——呪うことなく。ただ在り、ただ生きている。

「さまよっている全員が迷子ではない、ってことか」

「トールキンの言葉を引用するには辛気《しんき》臭いかもしれんがね」

たまたま読んだ本の引用を、即座に理解されて、真人は微笑《ほほえ》んだ。

「アンタ読書家だったのか」

「知識として詰めこんだだけだがね」

「博識なのは良いことだ」

畏れから呪いを産むものが人間であれば、この老人を人間と呼んでも良いのだろうか。

今の真人を、喜怒哀楽で表現するのは難しい。

しかし、穏やかだった。

人間と触れ合って以来、初めて穏やかな気持ちになった。

「この世界の人間が、全てアンタみたいだったら――俺は生まれていなかっただろうね」

真人は手元の本に、視線を戻した。

老人は相変わらず虚空を眺めて、また無言に戻った。

呪いは人間から生ずるが、呪いは人間を殺す。共生の道はありえない。

それでも、そのトンネルの中には、呪いと人間の共存があった。

歪《いびつ》であっても、穏やかな時間が、緩やかに流れていた。


人が人を憎み、畏れることは、当然の道理だ。

人には魂が見えないから、他者の感情を想像する。

そして、自分の感情に振り回される。

それらが単なる、刺激への反射で、魂の代謝であることを分かっていない。己《おのれ》の魂がどこにあるかすらも、分かっていないのだ。

真人は考察する。

盲目の老人は光を失い、人との関わりを失ったことで、魂に受ける刺激が少なくなった。そうして、外界の余計なものに左右されなくなったからこそ、自分の内面と向き合うことが多くなったと考えられる。

「僧侶《そうりょ》の修行に近いな。強い内向性は、自分の魂と向き合う時間が増える」

真人はボロボロにすり切れた般若心経《はんにゃしんきょう》を斜め読みしながら、街を歩いた。

経典《きょうてん》は魂のコントロール教本だ。魂と物質を切り離す術を、かつての人間はそれなりに研究していたらしい。

老人の生き方は、図《はか》らずもそういう境地に達していた。

だからこそ、闇の中で魂の感じ方を覚えたのだろう。真人は、老人が呪いを認識できる理由を、そう結論づけた。

「もともと資質はあったんだろうけど……少なくとも、内向的な人間の方が開花しやすいとは考えられそうだ」

老人についてもっと深く考察すれば、呪術師の修練について色々推測できるかもしれない。呪力の発露を促す術も。

そうすれば、才能ある人間なら呪術師、あるいは呪詛師《じゅそし》に〝仕立て上げる〟ことも可能だろう。

呪いの用意した呪詛師を、呪術師へとけしかける。

それはなかなか面白い試みかもしれない。呪いを祓《はら》うよりも、人間と戦う方が、人間の魂を揺さぶりやすい。宿儺《すくな》の器《うつわ》も例外ではないだろう。

とはいえ。

——もう少し後でも良いか。

そう、真人はのんびり考えていた。

真人は自由だ。動きたい時に動き、休みたい時に休めばいい。企みを積極的に実行に移すのは、今の気分ではない。

それよりも今は、知識を蓄え、思考に耽《ふけ》りたい。

新しい本もいくつか仕入れた。静かなトンネルの中の居心地に浸《ひた》りながら、幻想文学を読みたい。

真人の足取りは軽くなる。人混みを流れに沿って歩きながら、鼻歌すらも奏《かな》で始める。

ふと、ビルの間から喧《やかま》しい声が聞こえてきた。

「――ムカつくんだよなぁ」

視線を向けてみれば、若い人間が二人。髪の長い痩せた男と、体格のいいスキンヘッドの男。いわゆる〝ガラの悪そうな人間〟という手合い。

何やら不機嫌なスキンヘッドの言い分を、髪の長い男がヘラヘラしながら聞いているという場面だった。

「っつかサムいんだよ実際。どいつもこいつもワルぶってもイキるばっかで、口だけっつーか。結局言い訳してるだけなんだよ。ああいうの全部殺してやりてぇ」

「そうは言うけどさ。いざブッ殺したいほど頭に来たからっつって、実際殺せるかっていうと、できる？」

「できる。人殺しくらいワケねーよ」

「マジでぇ？」

真人は目を細めて、会話を聞き流した。

欲望に素直な言動は好感が持てないでもない。しかしこういう手合いの人間が、最も〝口だけ〟であることを真人は知っている。

「あー、マジ誰でもいいからぶっ殺してぇ」

なら口に出さずに殺せばいいのに。

いっそのこと、その身に〝人の殺し方〟を実践《じっせん》してやろうかとも思ったが、真人は伸ばそうとした片手に本の重みを感じて、やめた。

こういうのにかまっているより、今はとっとと居心地のいいトンネルに帰って、本が読みたかった。

「殺してやるんだよ」

ブツブツと呟くスキンヘッドの声は、呪文のようにも聞こえた。

しかしそこになんの力も思いも、宿りはしないだろう。ビルの谷間に閉じこもって、独り言を言うのが関の山だ。

せいぜい広い世界を謳歌《おうか》していると勘違いして、狭い路地裏に籠《こ》もるといい。

真人は視線を外し、帰路についた。

◇

「グレゴールはどうして虫になったんだろうね」

真人は視線を小説に落としたまま、不意に老人に尋ねた。

フランツ・カフカの有名な小説だった。

人間がある日突然、毒虫に変貌するストーリーだ。

「虫とは喩《たと》えだろう、というのが通説だ」

「喩え？」

「人間にとっての虫のように、その社会において忌《い》み嫌《きら》われ、虐《しいた》げられる立場になった、ということだ。例えば、ある日突然騙されて目を焼かれた老人だとか」

「そいつはジョーク？」

「そういうわけでもない」

淡々と感動もなく、しかし言葉を放てば答えが返る。老人との会話は、真人にとって辞書と語り合うような気分だった。

老人には知識があった。

その知識を嚙み砕いて会話する、知性があった。

精神の機微や、人間の文化。

小説や映画を通して、人間の魂を分析しようとする真人にとって、老人の知識と会話はそれなりに助けとなった。

いかなる時に人間は怒り、どうして人間は悲しむのか。

どうすれば人間は他人を信じ、そしてどのように裏切られるのか。

人間と違う倫理観で生きる真人にとって、解釈に困る部分だった多くのことを、老人は解説し、理解を助けた。

人間らしくない老人の、人間の中で生きてきた経験が、真人にとっては興味深かった。

「結局、虫になったグレゴールは隠れるように言われていながら、それでも人前に出て破滅したわけだけど……爺《じい》さん、それはなぜだと思う？」

「逃げ回る人生では、平和を見出《みいだ》すことはできない」

「ヴァージニア・ウルフの引用だろ、それ」

淀《よど》みなく引用元を言い当てた真人に、老人は微《かす》かに眉《まゆ》を上げた。

「君もなかなかの読書家だな。会話にストレスが無くて助かる」

「アンタは人前に戻りたくはならないのかい？」

「人間の世界に思い入れがなければ、逃げ回る必要も、立ち向かう必要もない」

「なるほどね」

真人は本から視線を外さぬまま、相槌《あいづち》を打った。

目で見なくとも、暗闇の中には相変わらず、穏やかなだけの魂が灯《とも》っていた。真人はその魂の輝きを、暗い部屋に灯した一本のろうそく代わりに、本を読みふけった。

静かな時間が、暗闇の中を流れていく。

トンネルの外には、夏の終わる気配が微かに忍び寄っていた。


終わりは唐突に訪れた。

ある日、真人がふらりと街なかを歩き、捨てられていた詩集を拾ってトンネルにやってくると、あるはずのない騒がしさを感じた。

魂の揺らめきが、ひとつ、ふたつ、みっつ。

ひとつはよく知った形をしているが、ひどく弱々しい。消えかけの蠟燭《ろうそく》の火が、風に揺られているかのようだった。

真人はいつもと変わらぬ足取りで、トンネルの中へと踏み入った。

老人はやはり、そこに居た。

しかし、いつもと違うのは、老人が奇妙な姿勢で倒れていたこと。

そして、老人を挟むようにして、二人の若い男がそれを見下ろしていたこと。

「お――い、マズいんじゃねーの。マジで死んじゃったよコレ」

髪の長い痩せた男が、特に焦《あせ》ってもいない声で言う。

「言ったろ。人殺しくらいできるんだっつーの」

体格のいいスキンヘッドの男が、軽い声で応える。

「つっても弾みだべ？　今の」

「ヨボヨボのクセに生意気に出てけとか言うからだよ。ナメやがって。そりゃつい蹴《け》っちまうだろ」

スポーツでもやっているのか、スキンヘッドの脚は丸太のように太い。老人一人蹴り殺すのは、空き缶を潰《つぶ》すより簡単だろう。

男たちは老人に、老人の命に、魂に、本当に一片の興味もないようだった。

理由なく、恨むわけでもなく、明確な殺意もなく。

ただなんとなく、このトンネルへ訪れたのだろう。ただ弾みで、思うままに暴力を振るったのだろう。気の向くままに、殴《なぐ》ったのだろう。

その在りようは、人間としては自由と言える。

真人は屈《かが》んで、老人の顔を覗《のぞ》きこんだ。

瞳の焼けたその顔は、殴打《おうだ》されて腫《は》れていた。しかし、この期《ご》に及んでもやはり、老人の顔は穏やかなものだった。

「死ぬのかい」

真人は、ぽつりと呟くように尋ねた。

老人は、かすれた声で応えた。もう、喉《のど》を鳴らす力もほとんどないのだろう。その声は、大声で話し合う男たちには聞こえないようだった。

「……………だ、な…………」

真人は老人の魂を、じっと観察する。

静かだったその魂は、揺らめくことなく、怒りも悲しみもなく、ただゆっくりと、命の終わりを迎えようとしていた。

真人は感心した。

この老人は真なる意味で自由だった。この世界の全てのしがらみから解き放たれていた。それは死の間際《まぎわ》に至るまで、変わらなかった。

それを自分の目で確かめられたことに、真人は少なからず安心を覚えていた。草花の枯れる瞬間を眺めるように、真人は老人の死を眺めていた。

ところが――、

「爺さん？」

予感があった。

本のページをめくったら、見たくもない展開を見せられるような。飾られた箱の中身が、開ける前に分かってしまうような。

そんなざわめきが、真人の胸に広がった。

これ以上眺めていてはいけないと、本能的な警鐘《けいしょう》に真人が戸惑《とまど》っているうちに、全ては終わりに向かっていた。


「……………一人で、朽ちるのだと思っていた」


老人の魂が、微かに揺らめいた。

腫れた顔に、笑みを浮かべて。

「………この老いぼれの死に際を………誰かに見届けてもらえるとは………」

その揺らめきは、水面に落ちた一つの雫のような、取るに足らないものだったかもしれない。

だとしても、死にゆく一瞬。

最後の最後に、老人の魂は〝代謝〟した。

「…………ありが……………」


そうして。

老人は最後に、笑顔で命を終えた。


「…………」


真人は、瞳を見開いて、しばし固まっていた。

他の人間とは違うと思っていた。真に自由な人間だと思っていた。

その達観はこの世界の全てのしがらみから解き放たれた、特別な境地だと思っていた。

それでも——老人は、死に際に囚われた。

孤独な終わりを忌避《きひ》し、死にゆく寸前に他者に縋《すが》った。

老人は、ただの人間だった。

満足して、おそらくは人間として、正しく死んだ。


「…………」


真人は何も言わなかった。

ただ、胸のあたりに、空風《からかぜ》が吹き抜けるような寒さがあった。

その感情を、人間がなんと名づけているかは分からない。ただ、意識が、絡《から》まった毛糸のようにぐじゃぐじゃと蠢《うごめ》いて——ふと、一気に途切れた。

乾いた荒野に立つような感覚だけが、そこに残った。

「つーかさぁ」

スキンヘッドの声が響く。

「警察もロクに調べねーべ、こんなどこの誰とも分からんジジイ」

「ま、ま、それは確かにな」

長髪の男が軽い声で返す。

「だいたいさぁ、喧嘩《けんか》売ってきたのジジイの方だし」

「自業自得《じごうじとく》っつーか、なぁ。相手見て話せよな」

「それより蹴った時にズボン汚れたのが問題だわ」

「細《こま》かっ。気にすんのそこかよ、ウケるわ、人殺しといて」

「人じゃねーよこんなの。それより俺キレイ好きなの知ってんべ？　あー血って取れんのかな。水じゃダメだよな」

「ダメだろ。それよりなんか、安心したら腹減ってきた。コンビニ寄ろうぜコンビニ」

「いい洗剤売ってっかなコンビニ」

「知らねーよ。探すなら弁当買ってからにすんべ」

店先での物色をやめたときのように、真人はすくっと立ち上がった。

倦怠感《けんたいかん》が体に染《し》みついていた。

トンネルに響く、言い訳と現実逃避まみれの支離滅裂な声が煩《うるさ》くて、せせらぎの音が聞こえなかった。

真人は心底気怠《けだる》そうに、落ちていたゴミを拾うような足取りで、スキンヘッドの男に近づいていく。無為転変《むいてんぺん》。術式《じゅつしき》が奔《はし》る。

そして、男の背を叩くと、男の形は人間ではなくなった。

「いぃッ――――」

殺すだけでは死体が邪魔なので、生かしたまま掌《てのひら》サイズまで〝折《お》り畳《たた》んだ〟。後で捨てよう。

それから雑に手で掃《はら》うようにして、もう一人の男も折り畳んだ。

「おべッ――――」

静かになった。

真人はチェスの駒《こま》ほどに小さくなった男たちを拾うと、最後に残った老人の死体を見下ろした。

もはや、それは骨を入れた肉袋に過ぎない。無為転変で弄る魂は、もうそこにはない。

これの処理が一番困るな、としばし悩んだ。

トンネルには、水の音だけが響いていた。


——空が高く見える日だった。

ビルの隙間《すきま》から覗く雲は、風に吹かれて心地よさそうに流れている。

真人は街なかをふらふらと歩いていた。

「久しぶりに、映画でも見ていくかな」

やや古い店構えの、小さな映画館を選んで忍びこむ。

近頃はモチベーションが高く、魂から余計な物が剝《は》がれ落ちて、身軽になったようだった。おかげで人間を弄る頻度《ひんど》も増えた。

人を小さく折り畳むことができるなら、膨《ふく》らませることもできるだろうと思って試していたら、一晩明けていた。結構楽しかったが、少々没頭しすぎたような自覚もある。根《こん》の詰めすぎはよくない気もする。

たまに気分転換もいいだろう。

何を上映するのかは調べていない。たいていはマイナーなパッとしない映画だろうが、期待せずにいれば、意外と面白い物語に出会うかもしれない。

不思議と、そういう予感がした。

映画館の廊下を歩きながら、なんの気なしに懐を漁ると、だいぶ嵩張《かさ》ってきた〝小さな人間〟が真人の手に触れた。

――そういえば、邪魔だと思っていたんだ。

無造作にいくつか手に取ると、映画館の廊下に捨てた。

扉を開け、劇場に踏みこむ。

平日のせいか、客足は少ない。学生らしき人影がちらほらと、かすかに席を埋めている。

真人は劇場の隅に立ったまま、スクリーンに映る景色を待った。

やがて、開演の合図代わりに、劇場は闇に包まれていった。

第４話　働く伊地知《いじち》さん

残暑残る八月の下旬。
虎杖《いたどり》はソファの上で溶けていた。
「あー…………」
別に暑いわけではない。というかクーラーも効いていて涼しい。
それもそのはず。虎杖が居るのは五条《ごじょう》の用意したお手軽地下シアターではない。
都内某所《ぼうしょ》の、マンションの一室。
というかぶっちゃけ、伊地知《いじち》の部屋だった。

――僕ちょっと出張する用事があってさ。割と遠方に行くから数日かかるかも。つーわけでいつも同じ場所に隠れてるのはセオリー的にまずいし、なんか面白そうだから伊地知んとこ行ってて――。

と、五条。

そういうわけで、虎杖は数日、伊地知宅にお邪魔することになった。

なったのだが——これが一日目から退屈だった。

退屈とは、人の心を殺す毒である。その前提から言えば、虎杖は既《すで》に致死量の毒《どく》に侵《おか》されたようなものだった。

「…………うーん」

ここ最近、虎杖に退屈する暇などなかった。

呪術高専《じゅじゅつこうせん》に来てからというもの、伏黒《ふしぐろ》や釘崎《くぎさき》と騒いだり、呪霊《じゅれい》を祓《はら》ったり、死にかけたり、実際死んだり。

色々あって蘇《よみがえ》った後は隠れて過ごす羽目《はめ》になったものの、与えられた映画を見ているぶんには楽しかったし、呪術師としての修業にもなった。それはもう、レールのないジェットコースターのような数か月だった。

そこにきて、急に降ってわいた伊地知宅での生活。

これがもうびっくりするほど、やることがない。

というのも……伊地知ときたら、家に帰ってからほとんどの時間、パソコンに向かっているのである。

「なになに、ブログとか見てんの？」

とニコニコして覗《のぞ》きこんでみたら、虫の複眼かと思うほど細かい表に、それはそれはびっしりと数字が羅列されていて、茶化す感じではなくなった。

やれ小口現金出納帳だの、標準報酬月額だの、償却資産だの、校地の仕様変更だの、キャッシュフローだの、タックスだのサックスだのファックスだの……。

とにかくなんだか分からないが、難しい仕事をしているのは虎杖にも分かった。

となると、騒がしくするのも悪いので、一人で暇をつぶそうと思ったのだが――。

「伊地知さん、本とか読んでいい？」

「いいですよ。そこの本棚の中なら適当に」

「……この〝リヴァイアサン〟っての、ファンタジー小説だったりする？」

「違います。社会科の授業で出てくる方です」

「伊地知さんちって、マンガとかは……」

「実家には昔のが置いてあるんですけどね」

「そっすかー」

これである。

虎杖は本棚の中から、かろうじて小説らしきものを見つけたものの、数ページ読んだところで内容が肌に合わなくてやめた。

しかたなく、音量を抑《おさ》えめにしてテレビをつけた虎杖。

ちょうど昼のバラエティからゴールデンタイムの間らしく、あまり面白い番組はやっていない。

チャンネルをザッピングしてみると、芸能人がゆるいノリで美味《おい》しい物を食べ歩く番組と、ニュース番組ばかりが映る。消去法で食べ歩き番組にした。

「あ、何気《なにげ》にこの時間のテレビ見んの新鮮かも」

「普通なら学校に行っている時間でしょうからね」

意外にも、伊地知の反応があった。虎杖は作業を邪魔しない程度の会話なら大丈夫かと、話題を振ってみることにした。

「伊地知さんもさ、普段なら仕事してる時間だよな」

「業務時間内ですよ。仕事をこなせるなら在宅作業が許されるのは、一般企業よりゆるいところかもしれませんね」

「へー、そういうもんか」

呪術師としての大人《おとな》にはそこそこ触れてきたが、いかにも〝仕事らしい仕事〟をしている大人については、学生の虎杖にはまだピンとこない。

首をひねって、視線をテレビに戻した。

「お、ゲスト高田《たかだ》ちゃんじゃん」

「有名なんですか？」

独《ひと》り言《ごと》のつもりで呟《つぶや》いた言葉に、伊地知が反応した。

ちょっとでも興味があるのなら会話の糸口になるかも、と虎杖は、これ幸いと口を弾《はず》ませる。

「ああ、ちょくちょく露出増えてきたかな。個性強《つえ》ぇからね。可愛い系キャラなんだけどタッパでかくてさ。そのギャップがグッとくるみたいな」

「へぇ、今はそういうのが流行《はや》りなんですね」

「つか、こないだまでやってた月9にもちょい役だけど出てたじゃん」

「あー、そうなんですか」

「伊地知さん、ドラマとか見ない人？」

「すみません、ちょっと疎《うと》いですね……いや嫌いじゃないんですけど、最近のノリが少し肌に合わない感じで。〝ピュアバケーション〟とかは見てましたけどね」

「え、いつのドラマそれ」

「十年とちょっと前ですね。そういえばモトコちゃんも背が高かったなぁ」

「モトコちゃん？」

「当時の売れっ子女優なんですけど……結婚してすっぱり引退しちゃったんですよね。そりゃ今の子供知らないですよね。そうですよね……」

「そ、そっか。あ、じゃあ最近のバラエティとかは？」

「それもちょっと。ほら、ドラマ見ないとどうしても、出てくる芸能人についていけなくなっちゃいまして」

「スポーツ選手とかも出るじゃん」

「スポーツも観《み》ないんですよね。あんまり運動得意じゃないと、どうも興味が……」

「……あ、じゃあゴールデンより深夜派とか？　俺、日付変わったころにやってる新人芸人集めた番組が好きでさ、次の日辛いの分かってて夜更《よふ》かししちゃうんだよな」

「いえ、そういうのもあんまり」

「……伊地知さん、普段何見てんの？」

「ニュース……あ、あと地味に落語の番組とか好きですね！」

「落語か～……」

言葉に詰まった。

テレビっ子の虎杖でも、学生がだいたい遊びに出ている日曜夕方の落語は履修範囲外だ。

というか、ニュースの後にとってつけた感じに、気を遣《つか》われた気配を覚えた。

基本的に話題を振るのが得意な虎杖ではあるが、じわじわ感じる趣味の合わなさに次第《しだい》に口を閉じていく。

ちらりと視線を移せば、伊地知は話している間も休まずキーボードを叩《たた》いているようだった。これ以上無理に会話を続けようとするのは、流石《さすが》に気が引ける。

テレビの中では、名古屋のグルメについてレギュラーのリポーターと、ゲストの高田ちゃんがあれこれコメントを繰《く》り広《ひろ》げている。

いまいち毒にも薬にもならない内容で、せっかくのゲストのキャラを活《い》かせているとは言いがたい。というか飯に関するコメントが「おいしい」しかない。

――高田ちゃん出してるならもっと面白い話題あるじゃん。ていうか台本だなこれ。料理の感想っていうより宣伝のための番組。こういう番組って料理よりトークが楽しくて見てるんだけどなぁ――。

元々テレビっ子である虎杖。

ここ最近は映画も多く見せられたため、映像に対する目が肥《こ》えていた。なんとなく作り手の意図が感じられるようになってきたとも言う。

つまらない映像がいっそうつまらなく見えるようになった、とも言えるだろう。

ニュース番組を除いた唯一《ゆいいつ》の選択肢《せんたくし》がこれではたまらない。

とはいえ、他に見る番組もない。

面白くなることを願って、我慢して見続けていると、快適な室内気温と柔らかいソファの感触も手伝って、少しずつ眠気が襲ってきた。

「——虎杖くん、ちょっと用事があるので外に出ましょうか」

「うおぉぉおおぉぉメタルタモリ！」

「メタルタモリ⁉」

「あっすんません！　ウトウトして変な夢見てました！」

「どういうシチュエーションなんですか、それ」

「俺にも何がなんだか。つーか外に出んの？」

「そ、そうですか……眠いなら無理せず寝てても良いですけど」

「や、外に出たいです！　光合成したいっす！」

「うんうん。まあ光合成できるようにはできてないですけどね、人間」

「……あ、でも俺、生きてるのバレちゃまずいんじゃ……」

「ええ、簡単な変装をしてもらって、あまり自由に出歩かせるわけにもいきませんけど、ドライブがてら出かけるくらいなら良いでしょう。五条さんも、そろそろ虎杖くんに外の空気を吸わせないと、と言っていましたしね」

「五条先生が……そっか」

　そういうことなら、と虎杖はソファから立ち上がる。

　退屈していたのは確かだし、外に出られるなら願ったりだ。

「じゃ、これつけてくださいね」

「すげー、メン・イン・ブラックみたい！」

　差し出された、妙にレンズの大きいサングラスを受け取った虎杖は、意味なくレンズを太陽に透かしてみる。

「このグラサン、伊地知さんの？」

「まあ一応、私物ですね」

「もしかして伊地知さん、私服は派手だったりする？」

「いや、いやいや違いますよ。呪いは視線に敏感なんです。私は調査の仕事も多いので、視線を隠すのは大事なんです！」

「あー、なるほど。五条先生も目隠ししてるもんな」

「いやアレはまた別件ですけどね」

「あの目隠しどこで売ってんだろ。俺もアレつけたらプロっぽくなるかな」

「いや売り物じゃないと思いますよ、アレ」

虎杖はサングラスを装着すると、近くにあった姿見《すがたみ》と伊地知を交互に見て、顎《あご》に手を当ててポーズを決める。

「どうよ伊地知さん、エージェントっぽい？」

「うーん」

チンピラっぽいなぁ、という心の声を、伊地知は大人《おとな》なので口には出さなかった。


東京を自動車内から眺める機会は、割と珍しい。

車窓の向こうを流れていくビルを眺める虎杖の顔は明るかった。テレビっ子といえど、なかなか行けない地方のグルメ番組より見応《みごた》えがあるというものだ。

「すっげー。俺、東京の高速道路初めてだわ」

「一般道はちょっと混みますからね、この時間帯。そんなに楽しいですか？　高速」

「だって走り屋とか居そうじゃん」

「それ割と古めの文化だと思うんですけど、どこで知ったんです？」

「ゲーセン」

「ああ、なるほど。レースゲーム……私も昔はやりましたね」

「へぇ、だからこういう高そうな車買ったとか？」

「いえ、これ高専の持ち物です。だから傷とかかなり気を遣うんですよ……できれば擦《す》られそうな狭い道とか避けたくって」

「あー、なんか世知辛《せちがら》いなそれ」

大人の車事情も一筋縄《ひとすじなわ》じゃないなぁ、と感じる虎杖だった。

そんなとりとめもない話を、家に居る時よりは弾ませながら、高速を降りた伊地知は交通量の多い道を器用に縫《ぬ》っていく。先刻《さっき》話を聞いているので、なんだか後部席に乗っている虎杖まで、他の車が近づいてくると擦られやしないかとどきっとする。

そうやってしばらく車を転がすと、三十分ほどで目的地に着いた。

そこは箱を積んだような、灰色の建物だった。

「ここって、区役所？」

「ええ、書類を届けに来ました」

ビジネス鞄《かばん》の中から、几帳面《きちょうめん》に纏《まと》められた書類が取り出される。

後部座席から虎杖が覗きこむと、他にも様々な書類の束がギチギチに、しかしクリアファイルやバインダーでしっかりと仕分けされて鞄に収まっている。

「すげぇ枚数。書類ってそんなに要るもん？」

「まぁ、公的機関に提出するものはどうしても嵩張《かさば》ってしまいますから」

「メールとかデータで出した方が便利じゃねぇの？」

「もちろん、その方が楽なことは多いのですが……虎杖くん、ゲームをする時にいろんなゲーム機が分かれていて不便だな、と思ったことはありませんか？」

「あー、あるある」

「データというのはそういう物です。その点、紙の書類は見る者を選びませんからね。特にお役所は未《いま》だに紙の書類を信仰しがちで……ＦＡＸが廃れない理由の一つじゃないでしょうか」

「なるほどな。……え、じゃあそれイチイチ印刷してんの？　大変じゃねーかなそれ」

「大変ですけど、なんだかんだで紙は残りますし、処分もできますからね」

「へー……」

分かったような、分かっていないような。虎杖は視線を宙へ投げた。

ただ、伊地知がそういうことを〝きっちりする人〟だということは分かった。楽をするより、確実な仕事をする大人なのかな、と思った。

「ちなみになんの書類なの、それ」

「呪霊の対処に当たった施設の使用証明、交通機関の封鎖《ふうさ》申請、道路工事の許可申請、現場作業員の名簿と保険加入証明……とかですかね」

「道路工事？」

虎杖は首をかしげる。

呪術師にも学校にもいまいち縁のなさそうな単語だ。不思議に思うだろうなと、伊地知も納得しながら解説する。

「交通事故の多い山道で呪霊が発生しまして。封鎖の方便ですね」

「そういうのって、あの〝帳《とばり》〟とかいうの下ろせばすむんじゃねぇの？」

先日訪れた少年院での出来事が、虎杖の頭をよぎった。

一般人が近づかないように下ろされる結界《けっかい》。説明してくれたのは伏黒だったなぁ、とぼんやり思い出す。

「確かにそれで一般人は近づかなくなります。とはいえ……それでは一般社会には〝道路が使えない理由〟が不明でしょう？」

「あ、そっか」

ぽん、と手を叩く虎杖。

その仕草に応えるようなリズムで、伊地知は眼鏡《めがね》をくいっ、と上げる。

「対処が長引いたりした際には不自然に思う人も出てくるでしょうし。そこに理由づけしていかないと、人間の社会は齟齬《そご》が生まれてしまうものですからね」

「でもさ、そーいうのってこう……色々〝暗黙の了解〟的なので成り立ってんじゃねーの？　呪術高専って国とか都が運営してるって聞いたけど」

「それでも、やはり表向きは私立校なんですよね……だから私立校なりの書類だとか、それで収まらなければ、一般社会で不自然じゃない理由づけのための証拠とか、そういうのが必要なんです。表向きに〝落石の撤去作業〟ということになったなら、その証拠を書類にしないと」

「はー、思ったより面倒なんだな」

「もちろん、任務の上ではある程度の情報は話さなきゃいけなくなるんですけどね」

虎杖は、ふと気づいた。

自分がすっかり〝呪いが存在する〟のが当たり前であると認識していたことに。

しかし伊地知の話を聞いて思い出した。かつて、呪いや呪術師と関《かか》わらずに生きていたころの自分にとって、そんなものの存在は知りすらしなかった。

車から降りる伊地知を見送りながら、虎杖は考える。

呪霊と戦い、それを祓う。

確かにそれは、人の命を守り、日常を守ることだ。

もっとも直接的な解決手段だ。

しかし、人の畏れから呪いが生じるなら、そもそも〝呪いが存在する〟という不安が広まることが最も危うい。

呪いは心から生じるもの。

人々の心を守るには、そもそも恐怖を抱かせないことこそが大事なはずだ。

そこまで具体的に言語化できたかというと定かではないが。虎杖は漠然と再認識した。

——平和な日常を守るのは、俺が思うよりずっと難しいのかもしれない。

「お待たせしました、虎杖くん」

「っと、お帰りなさい」

役所から帰ってきた伊地知を、虎杖はつい姿勢を正して迎えた。


次に伊地知が訪れたのは、よく見るジュースの看板が掲げられた、小さな建物だった。

「ここって炭酸ジュースとかの会社？」

「系列の下請《したう》け業者ですね。自販機の設置とか補充が仕事です」

「へー。で、ここがどうかしたの？　自販機にまつわる呪いでも発生したとか？」

「いえ、通り道だったので顔を出しに来ただけです。ここは呪術高専内の自販機の設置、管理を一任している企業なんですよ」

「え、そうなんだ」

虎杖も高専にいる間、たまに作業着のおじさんが出入りするのを見たことがあった。当時は気にしていなかったが、そういえばどう見ても呪術関係者ではないよなぁ、と思い直す。

「でも、わざわざ顔出しとかするんだな」

「呪術高専は表向きは私立の宗教系学校ですからね。内部事情はなるべく広めたくないので、この手の取引先は一度定めたらまず変えません。そういう懇意《こんい》にしている企業への顔出しというのは、けっこう大事なんですよ、虎杖くん」

「へぇー……」

「ああ、そうだ。虎杖くんは好きなジュースとかありますか？」

「俺？　うーんスポドリ系かな……甘すぎないやつ」

「そうですか。それじゃあそれとなく話しておいてみましょう。生徒が少ない分、需要は伝えておいた方が向こうも助かりますから。また高専に通えるようになったときには、自販機に並んでいるかもしれませんよ」

「マジで？　やった、あざーす！」

社屋《しゃおく》へ歩いていく伊地知の背中を見ながら、虎杖はぺこりとお辞儀した。

数分で伊地知が帰ってくると、気の良さそうな作業着姿の男性がついてきた。どうやら外まで見送りに来てくれたらしい。

丁寧《ていねい》に頭を下げる男性と、下げ返す伊地知を見て、虎杖は自分も車の中から出て挨拶《あいさつ》すべきかと考えた。

が、自分が〝今は死人〟であること。相手が多少なりとも高専の関係者であることを思うと、もどかしさを感じながらも、やめた。

「お待たせしました、虎杖くん。行きましょうか」

「ああ、うん」

伊地知が車を発進させると、後部席のスモークガラス越しに外を見る。

作業着の男性は、車に向かっても丁寧に頭を下げていた。目の良い虎杖には、男性の節くれだった、ごつごつとした手が見えた。

管理職なのだろうが、力仕事をしている手だ。

虎杖は、先ほど区役所を訪れた時のことを思い出す。

一般人は本来、呪いとは無縁なのが当たり前。それでもその会社の人々は、呪術高専に出入りして、少なからず非日常に近いところへ来てくれている。

それを思うと、虎杖はなんだか胸が苦しい気がした。

ガラス越しに眺める人影が、もうだいぶ小さくなった。

虎杖は、その人影に向かって、車の中で頭を下げた。


唐突に、伊地知が車を路肩に停めた。

「どしたの伊地知さん」

「いえ、ちょっと失礼」

伊地知が胸ポケットから出したスマホが振動していて、虎杖は着信があったのだと分かった。誰からの電話だろうと思っていると——、

「はい伊地知です。お疲れ様です五条さん、どうかしましたか？」

「五条先生？」

そういえば、五条は遠方に出張とのことだったが、何をしに行ったのかを虎杖は詳《くわ》しく知らない。なんとなく、電話の内容に耳を傾けた。

「……寄り道？　どうしてまた。……ああ、なるほど、そういう。ちょっと待ってくださいね、調べてかけ直しますから」

伊地知は一度電話を切った。

それから、鞄の中の手帳と見比べながら、スマホの電話帳を操作する。

「伊地知さん、五条先生なんかあったの」

「人に会いに行ってたんですけどね、目的地に移動する途中で別の現場に向かったそうです。で、現場周辺の〝窓《まど》〟の連絡先を調べてくれと」

「窓？　聞き覚えあるような」

「呪術師ではないですが、呪いを視認できる高専関係者です。呪霊の目撃情報や、残穢《ざんえ》……まぁその痕跡《こんせき》を追って捜査に協力してくれるわけですね」

「あー、そっか。少年院に行ったときにも聞いたんだったな」

ぴくりと、伊地知の肩がこわばって、手帳をめくる手が止まった。

「伊地知さん？」

「あぁ、いえ、なんでもありません」

「つーかなんで手帳とスマホ二刀流なの？」

「あ、えっと。スマホは五十音順で登録しているものですから、どの地方に誰がいたかは流石に記憶しきるのが難しくて。手帳の住所録と合わせないと」

「いや地方て。東京だけの話じゃねぇのかよ。伊地知さんまさか日本中の〝窓〟さん把握《はあく》してなきゃなんないの？」

「普通はしなくてもいいんですけど、五条さんはだいたい私に聞いてくるので……」

「あ、あぁ、そうなんだ」

「ていうかあの人、記憶力も頭もいい割に面倒なことは暗記しないんですよね。窓の住所はもちろんだし、なんかコンビニスイーツのラインナップとか電車の時間まで聞いてくるんですよ」

「そりゃ大変だなぁ、マジで」

虎杖は心底から労《ねぎら》った。五条に無茶ぶりされる伊地知の姿は、そこそこ鮮明にイメージできる。

そうこうしているウチに目的の情報が見つかったのだろう、伊地知は電話をかけなおす。

「あ、もしもし五条さん。その周辺だとですね……。いやいやいや、これでもかなり急ぎましたよ私⁉　いや確かに前は一分で折り返しましたけど……。知りませんよ待ってる間にアイス溶けたとか。いやいやなんで帰ってきたらマジしっぺ食らわなきゃならないんですか！　メモ⁉　それ私にメモしとけって言うんですか⁉　嫌《いや》ですよ理不尽《りふじん》に怒られる予定なんか入れるの！　素直に忘れてくださいよ！」

「うわぁ」

伊地知がどういう目に遭っているのか、狭い車内では鮮明に漏《も》れ聞こえてくる。はたから聞いている虎杖でもげんなりするほどの無茶振りである。

「え？　はい、そういえば虎杖くんの訓練に使ってましたね、学長の呪骸《じゅがい》。それが何か……は⁉　あれ勝手に持ち出してたんですか⁉　返しとけって、あれどこに……地下に置いたまま⁉　ええ？　それまずっ……ああ、はい、はい。分かりました、とりあえず地下室戻って取ってきます。……え？　あの部屋の映画買い足してたんですか？　いや経費にはならないです。無理です。無理。無理です。はい。あ、はい、頑張ってみます……」

「…………」

大小かかわらず、今日だけで様々な仕事をこなしている伊地知である。

それを踏まえて、虎杖は今日一番「伊地知さんは大変だなぁ」という顔を、向けるのだった。

東京じゅうを走るうちに、車窓から覗く太陽は、随分と沈んでしまった。

今はビルの向こうへ隠れて、ちらほら灯《とも》り始めた街の明りの方が眩《まぶ》しく見える。

「けっこうあちこち行ったなぁ」

「思ったより時間がかかってしまいましたね……予定ではもうちょっとスムーズだったのですけど」

「いや五条先生のせいじゃね？」

「まぁそうですね……」

「頼りになる人なんだけどなぁ、大人目線だと色々大変そうな」

「実際、頼りがいがあるのは間違いないんですけどね。強くて優秀ですし。ただこう、その分だけ人にも〝これギリギリいけるでしょ〟的なとこを求めがちで」

「あー、そういうとこある」

「学生には優しい方なんですけどね」

「嫌いってわけじゃねぇんだな、やっぱ」

「それはそうですよ。あんまり言いたくないですけど、実力もカリスマ性もある。五条悟《さとる》は多くの呪術師の憧れですから。あんまり言いたくないですけど」

「二回言ったなぁ」

なんだかんだといって、部屋に閉じこもっていた時以上に、虎杖と伊地知は打ち解けていた。ドライブ中の空気のおかげかもしれない。

そんなくだけた雰囲気の中で、話しやすくなったせいだろう。

ふと、虎杖が口を開いた。

「なんつーかさ、伊地知さんってスゲー忙しいんだな」

「忙しく見えましたか？」

半笑いで、伊地知が応える。

「だってさ。計算とか、書類とか、挨拶とか、五条先生のパシリとか……」

「パシリはほんっとに余計ですけどね」

「すんません。でもさ、そんだけ忙しい上に、あんま呪術師らしくない仕事ばっかりっつーか」

「ははっ、地味な仕事だったでしょう？」

「いやまぁ、ぶっちゃけ」

「素直でよろしい。まぁ、戦いとかは専門外ですからね、私」

「その分、五条先生とかに押しつけられてる仕事も多いんじゃ……」

「まぁ、ええ」

バックミラー越しにみる伊地知の眼が一瞬死んだ。

地雷だったかもしれない、と虎杖は目を逸《そ》らす。

「とはいえ、そう悪いもんじゃないですよ。現場担当の呪術師をやっていると、どうしても呪術師や呪術高専は、社会から外《はず》れた物だと思いがちですから」

「うん。俺も今日まで、たぶんそう思ってた」

「実際は、私たちも社会の中に在る以上は、細かくて地味なことほどちゃんとしなきゃいけないものなんですよ」

「うん。それもよく分かった」

虎杖は、流れていく街灯の光を眺めながら頷《うなず》いた。

街中に灯る光は、夜が更《ふ》けるにつれて増えていく。

それはまるで地上の星空のようで、幾百幾千の灯火があるのか分からない。ただ、その一つ一つが人々の営みの光であって、この街から日本中、世界中に広がっている。

呪術高専は闇と向き合う場所であっても、この人々の光の中に存在する。虎杖は実感として、それを分かっていた。

「ありがとな、伊地知さん」

「なんですか、急に」

「伊地知さんの仕事は実際地味だ」

「いや、そうですけどね？　繰《く》り返《かえ》して言いますか、それ」

「でも、地味で大変な仕事のおかげで、呪術師ってこの世に繋《つな》がってるのかもしんないな、とか思って。だからさ、なんかありがとう、って」

「……ありがとう、か」

伊地知の声が、心なしか小さくなった。すれ違う車のライトが反射して、眼鏡の奥は見えづらいが、少なくともバックミラー越しに眺める表情は、明るいものではない。

少しの間、タイヤとアスファルトの立てる走行音と、カーステレオから流れるラジオの音楽だけが車内に響く。

サビだけは何度も聞いた曲。

リズミカルなポップスのメロディが、歌詞が終わってからも間延びするように続いて、やがて切れる。同時に、車内の空気もどことなく、途切れた気がした。

それを合図にするように、今度は伊地知が口を開いた。

「…………あのね虎杖くん。私は、君にお礼を言われるどころか、謝らなければならないんですよ」

「へ、なんで？」

突然話が自分に向いて、虎杖は目をぱちぱちと瞬《しばたた》かせた。

謝罪など想像もしていなければ、心当たりもない。心底そんな気分であろう虎杖の、きょとんとした無邪気な瞳。

それを眺めているうちに、伊地知は眉間を歪《ゆが》め、吐き出すように語り続ける。

「先日、私は君を死地に送り出しました」

「ああ」

思わず、虎杖は軽い声を上げた。思い出す、特級呪霊との一連の戦い。

確かにそれは苦い経験だったが、それで伊地知を恨んだことはない。だからこその軽い反応だった。

けれど伊地知の声は、重さを増していくばかりだ。

「あくまで救出任務だとは述べました。戦闘を避けるようにとも告げました。補助監督の仕事を放棄《ほうき》したつもりはありません。…………それでも、やはり一年生だけで向かわせるべき場所ではなかった。結果として、君という犠牲《ぎせい》を出してしまいました」

「あー……いや、でもさ。俺は今、こうして生きてんだし」

「でも、一度は死なせてしまった」

伊地知の声は、震えていた。

軽く笑い飛ばそうと思った虎杖は、それを聞いて、黙る。

身近な人が死んだことはある。自分が死んだこともある。

けれど、〝自分のせいで誰かが死んだ〟という苦しみは、今の虎杖には、とても推《お》し量《はか》れるものではない。

ただ、悲痛なまでの悔恨《かいこん》の気持ちが、虎杖の胸を締めつける。

「悪くないもんですよ、なんて言いましたけど……やっぱり私は戦えない呪術師です。自分より若い学生たちを、危険な任務に送り出す仕事しかできない大人です。いくら蘇ったとはいっても、また私は……君を戦いの場へと送り出すんです」

喉《のど》を鳴らす音が、エンジン音に紛《まぎ》れて響く。

「だから、せめてそれを円滑にサポートするのは、大人としてしっかりやりたいんです。これからは、もっと、しっかりと」

「…………伊地知さん」

謝罪なのかもしれない。弁明なのかもしれない。

今日、虎杖が目にした伊地知の仕事ぶり自体が、贖罪《しょくざい》の一部で、覚悟の証明なのかもしれない。

「私は、私の仕事をしますから」

震えた声は、申し訳なさそうで、潰れてしまいそうに、低く響く。

そこには五条のような頼もしさも、学長のような厳しさも感じなかったが、誰よりも強い苦悩と、誠意が滲《にじ》んでいた。

きっと戦えない伊地知は、「二度と死なせない」とまでは言えない。

それでも、また伊地知は、虎杖を任務に送り出さなければならない。

大人にとって、それがどれほどやるせないことか——虎杖には計り知れない。

けれどその言葉が、伊地知にとってなによりの本心で、何よりも伝えたい言葉であるのだと、虎杖には分かった。

だからそれを受け止めて、呑《の》みこんで、笑った。

「やっぱ、ありがとうだよ。伊地知さん」

窓に映る自分の顔を見ながら、虎杖は呟く。

「俺さ、これからもけっこう無茶すると思うし、心配かけると思うけど……自分で選んだことだから、もう止まるわけにはいかねぇんだわ」

「ええ、君はそういう子でしょうね」

「だからさ。俺、もう伊地知さんが心配しねぇくらいには強くなるから。知らないこととか分からないこと、戦うだけじゃできないこと。助けてくれよな、伊地知さん」

「…………はい」

ハンドルを握る伊地知の手が、少し震えた。

虎杖の目にはしっかり見えたが、見なかったことにした。子供には見せたくない大人の姿も、そこにはあると思った。

だからこそ虎杖は、明るく語り掛ける。

「伊地知さん、後は帰るだけ？」

「ええ。……でもかなりお腹もすいてきましたし、せっかく変装してきたんです。外食くらいいいでしょう」

「いいの？」

「せっかくの外出です、社会見学だけじゃつまらないでしょう？」

「ははっ、いいね。伊地知さん話分かる」

「虎杖くん、何が食べたいです？」

「肉！」

「分かりやすくてけっこう。ステーキと焼肉どっちがお好みで？」

「究極の選択だなぁ……待って、二十分考える」

「吟味《ぎんみ》しすぎでしょう」

くつくつと笑う声が、車内に響く。

テールランプが夜の道を、涙を振り切るように流れていった。

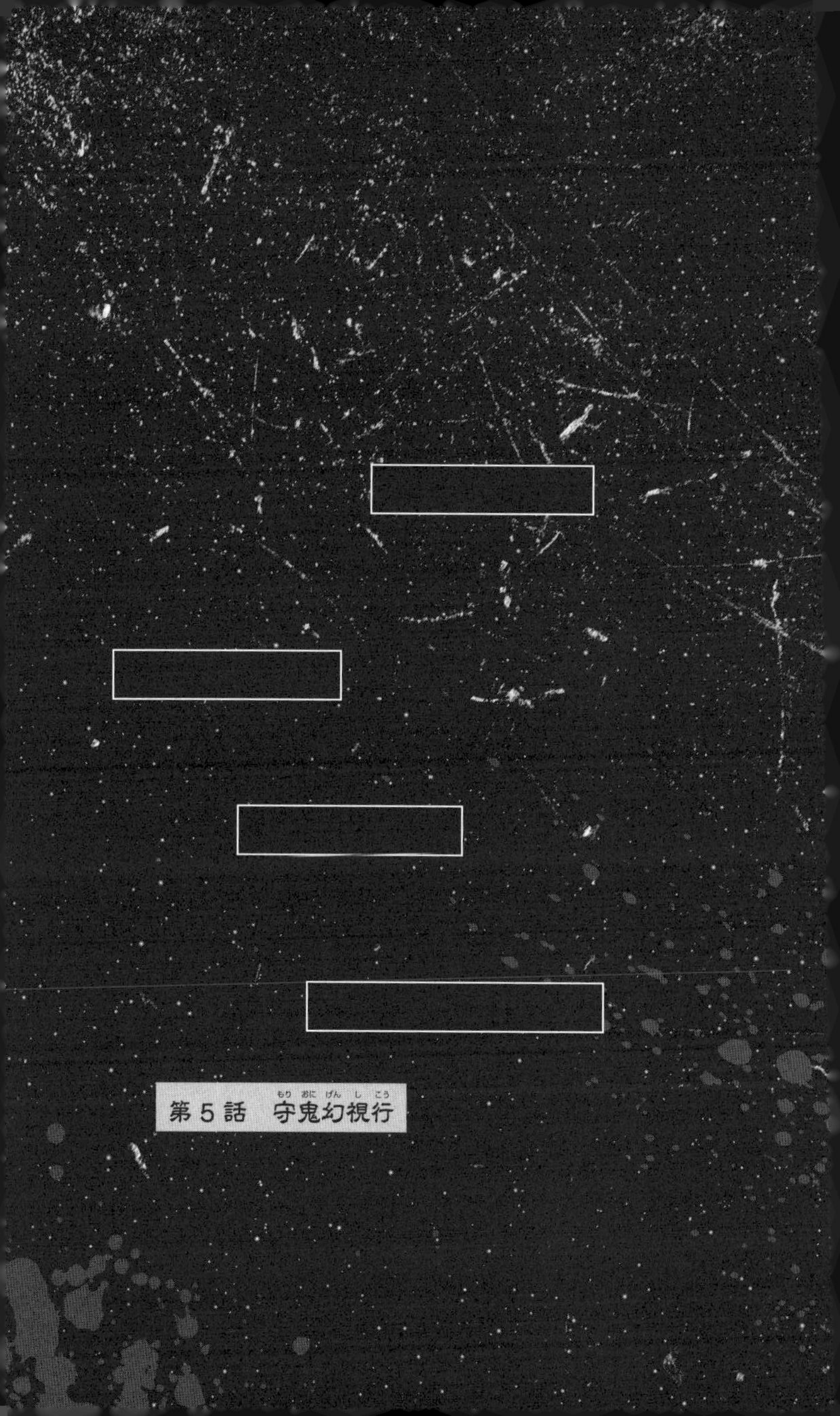
第５話　守《もり》鬼《おに》幻《げん》視《し》行《こう》

時が凍ったように、夜の空気は冷たい。

夏の残《のこ》り香《が》は日に日に遠く、アスファルトを吹く風は乾いている。

街灯の心細い明りの下を、街の喧騒《けんそう》を遠くに聞きながら、虎杖《いたどり》は一人で当《あ》て所《ど》もなく歩いていた。

五条曰《ごじょういわ》く、もうすぐ虎杖の生存を公開するつもりだと言う。ついては、人気《ひとけ》のない時間帯や場所なら、多少出歩いてもかまわないとのことだ。

一度〝死んで〟からというもの、短《みじか》からず身を隠して生きてきた期間を思えば、ふらふらと意味なく散歩するだけでも贅沢《ぜいたく》に感じられる。

月が高くなってきた夜の九時。

散歩するには、高専付近や関係者の目が多い都心部は避けて、閑散としたベッドタウンを選んだ。繁華街は賑《にぎ》やかさを極《きわ》める時間帯だが、住宅地は出歩く者も車通りも少なく、けれど人は間近に感じられる。

時折、家々から聞こえてくる談笑の声は、聞いていて耳に心地よい。

「けっこう遠くまで来ちまったな」

大きな車道に突き当たって、虎杖はそろそろ帰路につこうかと道を曲がった。路地を一本ずれて、来た方へ向かって歩き出す。

一つ路地を移動するだけで、それなりに見える景色が変わるものだ。

ふと見上げた電線に、「そういえば夜になるとすっかりいなくなるカラスは、どこへ帰っているんだろう」なんて、取り留めもないことを考える。

歩く。歩く。意味もなく。

ゆっくりと視界を流れる家々の彩りを、横目に見て歩く。

そうして十分ほど足を進めると、連続した塀が終わって、不意に視界が開けた。

「へぇ、こんなとこに公園か」

虎杖が見つけた公園は、住宅地に捩《ね》じこむようにして作られていた。

滑り台とジャングルジム。不自然に開いたスペースがあるが、回転遊具の撤去された跡らしい。なんか世知辛《せちがら》いなぁ、と虎杖は思う。

ふと、キィキィと金属の擦《こす》れる音が聞こえた。

目を向ければ、ブランコが揺れていた。風ではない。

古びた街灯に照らされて、ブランコを漕《こ》ぐ小柄な影が、そこにはあった。

――少年。小学生にしては大人《おとな》びている。中学生か。

健康的に短くそろえた癖毛の髪を揺らしながら、少年はブランコを漕いでいた。

緩やかなリズムで揺れるブランコは、さも「楽しくてやってるんじゃない」とでも言いたげで、それは少年の表情からも見てとれる。

虎杖は数度の瞬きの間、それを眺めてから、少年の方へと歩き出した。

「よっ。何してんの？」

「……え？」

急に声をかけられて、少年は顔を上げた。

一目見た時点では、虎杖に警戒心があるようだった。パーカーの上に制服で、色を抜いたような髪。不良にからまれたとでも思ったのだろう。

しかし虎杖が歩みより、街灯の下にその顔を見せると、生来の人懐っこそうな笑顔がはっきり見えて、少年はやや表情を和らげた。

「なんか考え事でもしてたのか？」

「……あー、まぁ、そんなところ、です」

ぎし、とやや重い音を出して、虎杖は少年の隣のブランコに座った。子供用の遊具は筋肉質の高校生を支えるのに、少し窮屈《きゆうくつ》かもしれない。

「顔も名前も知らねぇ奴と話すの、ちょっと緊張するよな。俺、虎杖悠仁《ゆうじ》」

「……湊海里《みなとかいり》です」

「名前カッケーな」

「去年死んだお婆ちゃんが、海は男のロマンだからってつけたらしくて」

「婆ちゃんロマンチストだったんだな。いい名前じゃん」

「どっちかっていうとダイナミックなお婆ちゃんでした。ツキノワグマが出た時ガチ喧嘩《げんか》したとか言ってたし。勝ったらしいし」

「婆ちゃん、めっちゃキャラ濃いな」

　思ったより面白い身の上話がポンポン出てきて、虎杖はころころ表情を変えた。少年の祖母の話を聞いて、ほんのりと自分の祖父を思い出したりもした。

　それだけ強い婆ちゃんでも、カッコつけの爺《じい》ちゃんでも、人は死ぬんだよな、と頭に浮かんだりもした。

　けれど、本題は忘れていない。

「まぁ婆ちゃんはダイナミックだったのかもしんないけどさ、父ちゃんとか母ちゃんもそうとは限らねぇだろ。もうけっこう夜も遅いし、心配とかしてんじゃねぇの？」

「あー………」

海里と名乗る少年は、薄々そこを突っこまれると思っていたのだろう。「来たか」とでも言いたげな顔をして、街灯を見上げた。

フィラメントが古いのか、時折チカチカと街灯が瞬く。

夏の忘れ物のような小さな虫が、点滅する光に照らされている様《さま》は、フィルムのすり切れた古い映画を思わせる。

虎杖はけっして急《せ》かさず、ブランコを漕ぎながら返事を待った。

足で地面を押すと、ブランコはキィキィ鳴きながら揺れる。どこか揺りかごのような心地よさがあって、一人で考え事をするのには良いのかもしれない。

呼吸を四度ほど挟んで、海里は口を開いた。

「帰れないんです、家に」

「親とケンカしたとか？」

「別にそういうことじゃないんですけど、物理的に」

「ブツリ？　遠いとか？」

「いえ、この近くなんですけど……言っても笑わないって、約束してもらえますか？」

「笑わねぇよ。オマエ笑ってないもん」

真面目な顔よりも、それが当然であると疑わせないような虎杖の声に、海里は不安げに寄せていた眉間《みけん》を緩めた。

それでも、話そうとしている内容はただ事ではないらしい。

また数度の呼吸の後、ひときわ大きく息を吸って、海里はとうとう事情を述べた。

「鬼が出るんです」

「鬼？」

「夜になると、家の前に。このくらいの……大きくはないんですけど」

海里は、ビーチボールを抱《かか》えるような仕草で空間を撫《な》でた。

そのスケール感はやけに具体的で、脳裏《のうり》に確かな実物が浮かんでいるのが分かる。闇《やみ》の中にその〝鬼〟の姿が、実際に見えているかのようだった。

ひとしきり、身振り手振りを終えると、海里はハッと気づいたように顔を上げて、それから申し訳なさそうに眉をひそめた。

「…………信じられない、ですよね。とても」

「いや、信じるよ」

「えっ？」

「オマエが居るって言うなら、居るんだろ、鬼。本気で悩んでるかどうかくらい、見りゃ分かるよ。なんとなくだけど」

「信じてくれるんですか？」

虎杖は記憶を辿《たど》った。

自分の経験が多いとは思わないが、そろそろ数だけなら両手に余るほどの呪いと遭遇してきた。強い呪い、弱い呪い、様々だ。

そこへ行くと、普通の住宅地に出る点。海里の説明から推測される大きさ。両方から考えて、そう強い呪いではなさそうだ。目撃した海里が被害を受けていないことも考えると、おそらくは蝿頭《ようとう》か、せいぜい三級がいいところだろう。

「まぁ俺も似たようなもん見たことあるしな、いっぱい」

虎杖は、ブランコを強く漕いで二、三度ほど勢いをつけると、幅跳びを踏み切るようにしてブランコから降りた。

「んじゃ、行くか」

「へ？　……行くって、どこにですか」

「海里んち」

「いや、だから鬼が出るって」

「大丈夫、一緒に行ってやるよ。よっぽどまずそうなら引き返すけど、見える距離まで近づいても大丈夫だったんだろ？」

別に虎杖は、難しいことは考えていない。

すんなり勝てそうだからとか、格好をつけるだとか、もっと言えば呪術師としての使命だとか、そういう単語さえ頭にあるとは言えない。

ただ、単純に思っただけなのだ。

「ウチに帰れないのは、悲しいもんな」

そんな単純な思いで、虎杖は人助けを買って出た。


海里について公園から歩くこと、十数分。

夜の風の中を、なるべく気を紛《まぎ》らわすように、部活の話や、好きな映画の話、マンガの話、とりとめもないことを並べながら進んでいく。

黒い闇に包まれた道を転々と染める、街灯の明り。

そのうちの一つが、ちょうど一軒の家の門前を照らしている。夜に溶けるような紺色の、三角屋根の平凡な家。

それがはっきりと見えてきた辺りで、海里がぴたりと足を止めた。

「――居る」

カラカラに渇いた喉を、なんとか動かして出した声。

動かなくなったその脚は、本能的な緊張が支配している。

海里の後ろを歩いてきた虎杖は、そこで初めて彼の前に出た。闇の中、明りに照らされたその門前を、目を凝《こ》らして見つめる。

門柱の影から、のっそりと歩み出る影がある。

人の大きさではない。動物の愛嬌《あいきょう》もない。

存在として埋めがたい隔たり。外面に滲《にじ》み出る歪《ゆが》み。魂の底から湧《わ》きあがる嫌悪感。

まさしく、それは呪いだった。


『おがぁぁぁあああぁあぁぁぁあああさぁあぁあああぁあああん』


ヒトを基準とすると、目のある位置に口が二つ。

削ぎ落されたような鼻。耳はなく、本来の口は縫《ぬ》い合《あ》わされている。

筋肉組織の露出したような体は、脚が短く、胴体は小さく、長く太い腕の先の拳《こぶし》が極端に大きい。

こめかみからは、血管をよりあわせたような歪《いびつ》な突起物が二つ生え、鬼の角を思わせるシルエットを描いている。

なるほど、〝鬼〟に見えるだろう。

その歪な二つの口をぎりぎりと歯ぎしりさせながら、威嚇《いかく》するように鬼は鳴く。

『もぉおぉぉおおおおいぃぃいいいいいかぁあぁあぁあぁああい』

「……虎杖さん……」

海里の声が、怯《おび》えに震える。

虎杖はそれをなだめるよう、鬼と海里の間を遮《さえぎ》るような形で、緩く手を広げた。

「安心しろ。なんとかしてやっから」

虎杖の声は落ちついていた。

この呪霊《じゅれい》、〝鬼〟は、名前の割にそう強い呪いではない。やはりきびしく見積もっても三級。見過ごしていいとは思えないが、虎杖の手に余るものでもない。

できる限り、スムーズに祓《はら》う。虎杖はそう決めた。

余裕を見せたいわけではない。呪いをナメたわけでもない。

ただ、安心させてやりたい。

今感じている恐怖など拭《ぬぐ》い去《さ》って、安心して、家路につかせてやりたい。虎杖の思いはそれだけだった。

「下がってろよ、海里」

虎杖が拳を構えると、鬼もまた、臨戦態勢に入る。

短い脚を屈伸させながら、両腕を大きく上下に振って、スクワットのような動きのその反動で、高く高く飛び上がる。異形のシルエットが、月明りを遮った。

『もぉおぉぉおぉぉおおおおぉぉいいぃぃいいかぁあぁあぁあぁあい』

落下の勢いのまま、鬼がハンマーのように両手を振り下ろす。単純な動き。虎杖は軽いサイドステップでそれを躱《かわ》す。

図体は小さいが、腕の長さは馬鹿にならない。鬼は弧《こ》を描いて、横薙《よこな》ぎに腕をスイングする。虎杖は焦《あせ》らず、一歩引いて間合いをとった。

『もぉおぉおおおおおおぉぉぉいぃいいいいぃぃかぁあぁあああぁあああい』

焦れたように、鬼がストレートな拳を繰《く》り出す。

「もういい、よっと！」

その単調な攻撃を好機とみて、虎杖は身体《からだ》を捻《ひね》りながら振りかぶる。鬼の拳を避《よ》けながら間合いへ飛びこむと、逆に虎杖の拳が鬼を捉《とら》えた。

——逕庭拳《けいていけん》。

貫くような拳打によって、鬼の小柄な体が宙に浮く。

『おがぁぁあぁあっぁあああぁ、――――あぁばっ』

一瞬遅れて、呪力による二度目のインパクト。

空中で、見えない砲弾に穿《うが》たれたように鬼が弾け飛び、破裂。

住宅地での攻防戦は、呆気《あっけ》ないほどあっさりと幕を閉じた。

「っし、いっちょ上がり」

「えっ、えっと、どうなったんですか……？」

「やっつけたよ。もう家に帰っても大丈夫」

「…………」

ニカッと笑う虎杖を見て、海里はしばしパチパチと目を瞬《しばた》かせる。

戸惑った様子はあったものの、夜の静寂《しじま》が数秒を支配したのち、やがて深々とお辞儀した。

「…………ありがとうございました」

まだ混乱が抜けていない声音《こわね》だが、それでも海里は礼を述べて、何度も虎杖に頭を下げながら、家の中へと入っていく。

虎杖はその様子を笑顔で見送り、少し長い夜の散歩から、ようやく帰路についた。

別れ際《ぎわ》、海里の浮かべるその顔が、公園に一人で居た時と同じものだったことが、少しだけ虎杖の胸に引っかかっていた。

数日をあけて、虎杖は再び夜の街を歩いていた。

単なる散歩は面白みはないが、一人ゆえの気楽さが楽しめる。出歩くたびにルートを変えながら、虎杖はふと、あの住宅街を訪れた。

──そういえば、あの時だけはちょっとした事件があったっけ。

そんなふうに記憶を辿りながら歩いたせいか、虎杖の足取りは自然と、以前と同じ道を歩いていた。

あの時と同じように角を曲がり、あの時と同じように道を歩いて。

あの時と同じように、虎杖は件《くだん》の公園を訪れた。

そして──その目を疑った。

「…………海里？」

ブランコに腰掛けて、一人項垂《うなだ》れる少年の姿。

あの夜と同じ浮かない顔で、海里は夜の公園で、一人街灯を見つめていた。

「あ……虎杖さん」

「オマエ、どうしたんだよ。もう鬼は居ないってのに」

「…………」

海里は申し訳なさそうな顔を、無言で向ける。

ただそれだけで、虎杖が胸騒ぎを感じるには十分だった。

「まさか……！」

飛び出すような勢いで、虎杖は公園から駆け出した。

今度は海里を置いたまま、住宅地の道を走っていく。

大きく腕を振って夜闇を裂いて、アスファルトを蹴《け》り飛ばす。冷たい夜の空気が肺を蝕《むしば》み、微《かす》かに胸を痛ませる。

心臓の鼓動が早いのは、きっと運動のせいだけではない。絡《から》みつくような不安が警鐘《けいしょう》となって、駆ける虎杖を責め立てる。

走って、走って、できるだけ急いで。

そして、あの家の前に辿りつく。

そこには——、

「——嘘《うそ》だろ？」

あの日と同じ、鬼がいた。

あの日と同じ姿で、あの日と同じ呪いがいた。

二体いたのか？　という疑問はすぐに消えた。外見の同じ別個体とは思えなかった。その姿形から、相対《あいたい》した気配まで、寸分違《たが》わずに、それはあの日の鬼だった。

『おがぁぁあぁあああぁあああぁあさぁああぁぁあああぁぁあん』

「クッ」

虎杖が自身を〝見ている〟と気づくなり、先日の再現のように、鬼は空高く飛び上がり、虎杖めがけて拳を振り下ろした。

「この、ヤロウ！」

それを反射的に避けながら、虎杖は即座に切り返し、逕庭拳を叩《たた》きこむ。

『おがぁぁあっ――あぁああああああ！』

既に間合いも、鬼の攻撃の際に出来る隙も身体が覚えている。あっさりと攻撃は命中し、鬼の身体は呪力の衝突にはじけ飛んだ。

不気味なほどに呆気なく、その鬼は再び祓われた。

「…………」

鬼を倒した虎杖は、拳を握り、開き、繰り返しながら見つめる。

確かな手応えがあった。確かに仕留めた。確かに祓った。

しかしそれはあの夜、鬼と相対した時に感じたのと同じ物だ。

あの夜も祓ったはずだ。確かに殺したはずだ。

――だったら、今戦った鬼はなんだっていうんだ？

「無理しないでください、虎杖さん」

ふと聞こえてきた声に、虎杖は振り返る。鏡を見なくても、自分の顔が困惑《こんわく》に歪んでいることが、虎杖には分かった。

「……海里」

「駄目なんです、たぶん」

困惑を拭いきれない虎杖の声とは対照的に、海里の声は落ちついていた。

それはどこか年不相応な、疲れだとか、諦《あきら》めの籠もった響きだった。

「虎杖さんが凄《すご》く強いのは分かりましたけど……たぶん、あの鬼は何度でも湧いてくるんです。なんとなくだけど、そう思います」

「どういうことだよ、それ」

海里はそう言って、家の屋根を見上げた。虎杖もその視線を追って、屋根を見つめて、目を見開いた。

「たぶんあの鬼って、この家を守ってるんです」

「…………」

「だから、きっと何度だって、この場所に現れるんです。悪者を追い払うために」

海里の言葉を聞きながら、けれど虎杖は思考にそれを取り入れられない。膨《ふく》らみ続ける混乱が頭を支配して、見開いた目を閉じられない。

説明のできないことが、目の前にある。

屋根の上。月を背負うようにして、見慣れたシルエット。

その鬼は再び、虎杖の前に現れた。


「――っつーことがあったんすよ」

「なるほどね」

翌日、虎杖は五条に〝鬼〟のことを話していた。

虎杖の生存お披露目《ひろめ》は〝京都《きょうと》姉妹校交流会〟で、ということで、現在は五条の用意した部屋でゆるゆる隠遁《いんとん》生活を送っている。

サングラスにスウェットのゆったり部屋着モードの五条は、地方の観光雑誌をぱらぱらとめくりながら、虎杖の話を聞いていた。

「それで？」

「いやそれで、じゃなくって。復活する呪いとか流石《さすが》に手に負えねぇもん、五条先生にも来てもらった方がいいんじゃね？」

「僕忙しいからなぁ」

「ぜんっぜん忙しそうじゃねぇ」

雑誌両手にぱたぱた足を動かしながら、ソファでごろごろ、あまつさえ大福を齧《かじ》る五条。

虎杖は眉をひそめながら、それを見下ろしている。

「じゃあナナミンに頼んでさ」

「一級呪術師をサポートセンターみたいに使うんじゃないよ」

「えぇー」

「悠仁がすんなり勝てるような相手なんだろ？　僕が聞いた印象でも、その呪霊が三級を越える実力だとは思わない。僕を頼る必要はないんじゃない？」

「祓っても祓っても湧いてくるんだってば。……今は被害も出てねぇけど、放っといて取り返しのつかないことになったりしたら……」

「湧いてこなくなるまで悠仁が祓えばいい」

「だからさ、それができりゃ苦労は――」

「悠仁」

五条は雑誌から顔を上げ、サングラス越しの視線だけで虎杖を見た。いつもの軽薄な笑みは、そこにはない。

「人が人を助けられない一番の理由は、なんだと思う？」

一瞬、虎杖は動きを止めた。

腹の奥底から噴《ふ》き出すように、大量の記憶が一瞬で頭を満たす。視界をチカチカと点滅させるほど、無数の光景が脳裏をよぎる。

歪められた人間。歪んでしまった人間。救えなかった、母子《おやこ》。

何もできなかった、自分。

「……弱いから」

答えながら、虎杖は痛々しいほどに眉間を歪ませる。

五条は小さくため息をつき、ソファから立ち上がった。

「それもあるね。でも、強さ弱さが全てじゃない」

立ち上がり、俯《うつむ》いたままの虎杖に近づいていく。

五条は先の映画館と、里桜《さとざくら》高校での事件を報告でしか知らない。

しかし、そこで起こった凄惨な出来事。虎杖が直面した現実が、彼の心をどれほど苛《さいな》んだかは想像もつく。虎杖が今なお、それを引きずっていることも。

心身ともに呪術師の素養が有ろうと、特異体質だろうと、虎杖はまだ呪術の世界に足を踏み入れて浅い、十代の少年だ。

呪力も体力も鍛《きた》えられるが、心はそう簡単なものではない。

それでも――五条は、虎杖に、折れたままでいてほしくはなかった。

「この世界で、悲劇が悲劇のままで終わってしまうことはあまりにも多い。本当なら助けられたはずのことであってもね。でも本当に怖《こわ》いのは、力が及ばないことでも、駆けつけるのが遅すぎることでもない」

視線を合わせることもなく、虎杖の横を通り過ぎながら、五条は優しい力で、その頭をぽん、と軽く撫でてやる。

そして、優しく厳しい言葉をかける。

「自分に助ける力があることを、忘れてしまうことだよ」

「――――」

その言葉に虎杖は、はっ、と顔を上げた。

進む方向が定かになった、とまでは言い難い。それでも、元々自分の立っていた場所を見つめ直す程度の力が、その言葉にはあった。

虎杖の様子を見て、五条は満足げに口角《こうかく》を上げる。

「ついでにもう一つ、おさらいしよう。呪いを産み出す一番の原因はなんだと思う？」

「えっと……人間の、悪い感情？」

「それじゃあ答えは出てるじゃないか。戦って祓うだけが全てじゃないってことさ」

「あ、そっか」

「素直だから、答えに辿りつくのが早いのが悠仁の良いところだね」

五条の笑顔が、最後の後押しになった。

クリーンになった頭は、身体さえも軽やかに動かす。虎杖は既に動き出していた。

「先生、俺ちょっと行ってくる！」

言うが早いか、明るい街の中へと飛び出していく虎杖。

五条は出口へ向かう背中を見送って、ソファに再び腰を下ろす。閉じてしまった雑誌は、何ページまで読んでいたか忘れてしまった。

「転んだ子に手を貸すのは簡単だけど、一人で立ち上がる方法を教えるのが教師の仕事……とはいえ簡単じゃないんだよな、そっちは」

虎杖の直向《ひたむ》きさは、きっと宿儺《すくな》の器《うつわ》であることよりも、大きな才能だろう。

それだけに、トラウマは何よりも恐ろしい呪いと成り得る。そしてそれは厄介《やっかい》なことに、自らの心に向き合うことでしか、解くことのできない呪いである。

心を支えることより、心構えを教えること。それが生徒を育てるということ。

「呪術を教えるよりよっぽど大変だよ、まったく」

言葉とは裏腹な笑みを浮かべながら、五条は残った大福を齧った。


道はすっかり覚えてしまった。

まだ日が出ている時間帯だから、街の空気はいつもと違う。緩やかながら車通りがあって、ゴミ出しや買い物、はたまた井戸端会議に出歩く人の影をいくつか見かける。

ちょうどタイミングも良かったのだろう。

湊海里の家の前で、虎杖は彼の母親と思《おぼ》しき人物に出会えた。

「——海里のお友達？」

「はい、そんな感じっす。歳《とし》は離れてますけど」

優しそうな女性だった。

歳は四十を過ぎた、というところだろうが、一目《ひとめ》見た印象はもっと若く見える。高校生の虎杖を見て〝お友達〟かと聞いてくれるあたり、人の良さが感じられる。

海里に比べると、女性には呪いに悩まされている深刻さはない。鬼の出る家に住んでいるという自覚などないのだろう。

海里の話をすると、それだけで嬉しそうな顔をする。その様子だけで人となりの優しさと、海里へ向ける愛情は伝わってくる。

だからこそ、虎杖は少しだけ、それを聞くことに胸が痛んだ。

「海里は、家に帰ってないんですか」

「……ああ」

その話題を、心のどこかでは覚悟していたのだろうか。

女性は眉を悲しげに寄せたが、態度は落ちついたものだった。

「家には帰ってくるのよ。でも恥ずかしい話、私たち夫婦はあの子がいつ帰ってきているのかを知らないの。私たちが眠ってから、こっそりと帰ってくるみたいで……早く消灯するようにしてからは、十時前には帰ってきてくれるのだけど」

「でも危ねぇだろ。まだ中学生くらいだろ、あいつ」

「そうよね。えぇ……ほんと。無理にでも探しに行って連れ帰るべきだ、なんて考えていた時期もあったけれど……酷《ひど》い話よね。とても母親なんて名乗れないわ、私」

「いや、そこまでは言ってねぇけどさ」

女性の表情は、見ている虎杖が辛《つら》くなるほどに悲しげだった。

海里の夜歩きを放置していることを、親としてどうかと思うのは確かだ。しかし、きっとそんなことは虎杖が言わずとも、何度も自分で自分を責めてきたのだろう。それが分かるほどに、女性の眼には悲哀と疲労が滲んでいる。

──決して、この人を責めに来たんじゃない。

虎杖は自分の立ち位置を、目的を見つめ直す。

「あの、変なこと聞いちまうけど……〝鬼〟に心当たりとかありますか？」

「鬼？」

一瞬、女性はきょとんとした顔を浮かべた。しかしそれは、虎杖が想像したほど困惑したものではない。むしろ、意外なほどすんなりと、その話題は核心へ繋《つな》がった。

「もしかして、海里から聞いたの？」

「まあ、はい」

「……鬼っていうのはね、あの子の祖母が聞かせていたらしいお伽噺《とぎばなし》というか、躾《しつけ》のようなものなの。悪い子のところには鬼が来るぞ、って。なまはげみたいなものかしら」

「ああ、例のダイナミックな婆ちゃん」

「そうそう。やっぱりあの子、お婆ちゃんの話してたのね」

微笑《ほほえ》ましさと寂しさの入り混じった顔で、その女性は笑った。その悲しげな笑顔が、虎杖には引っかかる。

「海里は婆ちゃんのことがそんなに好きだったんスか？」

「ええ……そうね。あの子からしてみれば、ほとんど親代わりだったもの。祖母を亡くしてからのあの子は、本当に辛そうで……」

「親代わり？」

「ええ。あの子の親は、あの子が生まれてからすぐに事故でね」

「ちょっと待ってよ。じゃあおばさんって——」


日が落ちるにつれて、冷えた空気は澄んでいく。

代わりに月が顔を出し、街は徐々に闇に溶けて、人工の明りがきらきらと輝き出す。世界が空から塗り潰されていくように、景色はその色を変えていく。

転々と道を照らすいくつもの街灯を通り過ぎて、虎杖は夜を歩いていく。

その夜の月は、いつもより明るく見えた。

この世界には呪いがある。

影すら呑《の》みこむ夜闇《よるやみ》のように、人の生活の中へ溢《あふ》れている。

その全てを、太陽の光のように祓い去ることはできない。淡く照らす月の光さえ、今の虎杖にはまだ遠い。

それでも、一人分くらい。

行き先を照らす、街灯の光くらいにはなれるかもしれない。

「海里」

はたして、湊海里はそこに居た。

いつも通りの時間、いつも通りの公園。

古びた金具を軋《きし》ませて、ブランコを静かに揺らしていた。

「虎杖さん……こんばんは」

「おう」

挨拶《あいさつ》もそこそこにして、虎杖は海里の隣、古びたブランコへ腰を下ろした。

夜に冷やされた遊具に触れると、身体の奥まで冷気が沁《し》みこんでくる。それを感じながら眺める公園は、ひどく寂しげな景色に見えた。

しばし、草むらから響く虫の声と、ブランコの揺れる音だけが公園に響く。

虎杖も海里も、互いをではなく真っすぐに前を見たまま、ゆるゆるとブランコを漕いでいた。本題開始のタイミングを計る、メトロノームのリズムのようだった。

「鬼はまだ、あの家に居るんだろ」

ブランコが何度目かの往復を過ぎたあと、虎杖から話を切り出した。

海里は虎杖の方を見ないまま、頷《うなず》いた。

「たぶん。ずっと居るんだと思います、あの家に」

海里の声は静かだが、頑《かたく》なな力強さがあった。

自分にとって変わることのない現実を確かめるような、低い声。虎杖はそれを聞きながら、時折瞬く街灯を見上げた。

「婆ちゃんが教えてくれたんだってな、鬼のこと」

「……誰から聞いたんですか？」

「海里の母ちゃん」

虎杖は迷わず、その呼称を選んだ。

海里の表情は、なんとも言えないものだった。苦虫を嚙《か》み潰《つぶ》したようとも言えるし、傷口を抉《えぐ》られたようとも言える。どちらにせよ、触れられたい話題ではないように思える。

それでも虎杖は、話を続ける。

「母ちゃんって呼びたくなかったなら悪いけどさ」

「……その様子だと、聞いたんですよね。本当の両親じゃないって」

「もうちょっと早く気づくべきだった。あの家の表札、湊じゃなくて丘崎《おかざき》になってたし」

「……隠すつもりとかはなかったんです。ただ、今の名前に慣れてなくって、つい前の苗《みよう》字《じ》で名乗っちゃって」

「そっか。そうだよな」

どこか歯切れの悪い海里の声は、叱《しか》られた子供のようだった。対して虎杖の声は軽く、穏《おだ》やかだ。

「悪い子の所には鬼が出る。婆ちゃんの教えなんだろ?」

「はい」

「海里は、どうしてあの鬼が現れると思う?」

「それは……」

言葉の間に、数秒が空《あ》く。

それは答えにつまっているわけではない。むしろ、答えが明確だからこそ、それを口に出すことに勇気を必要としていた。

やがて、海里は表情を隠すように俯いて、続きを答えた。

「僕が、悪い子だから」

「……なんでだよ」

「丘崎のおじさんもおばさんも、僕と血の繋がりなんかないんです。近所だから、お婆ちゃんとも僕とも仲が良かったけど……お婆ちゃんが死んだら、僕、誰も身寄りがなくなっちゃって。それで、おじさんとおばさんが引き取ってくれて。でも……僕、本当はあの家に居ちゃいけないと思うんです」

「居たくない、じゃなくてか？」

「僕は家族じゃないから、あの人たちは気を遣《つか》ってくれてる気がして。ごはんも食べさせてくれるし、学校にも行かせてくれてるけど……迷惑なんじゃないかって、怖くて」

「なるほどな」

虎杖はしばし、海里の言葉を頭の中で転がすように、間《ま》を置いた。

考えを整理するというよりは、覚悟を決めるための時間が数秒流れ、やがて、深い呼吸の後に、虎杖は口を開いた。

「あの鬼は、オマエがかけた呪いだ」

虎杖はそこで初めて、真っすぐに海里を見た。

「だからオマエがかけた呪いは、オマエが解くしかねぇ」

「……僕が？　いや、無理ですよ。だいたい、僕が呪いをかけたとかなんとか、全然意味分からないし」

「母ちゃんたちが危なくてもか？」

ブランコを漕ぐ音が止まった。

震えた視線を、海里は虎杖に合わせた。鬼をその目で見た時よりもずっと、その目は恐怖に染まっている。

「どういうことですか」

「あの鬼、家のそばにずっと居るんだろ？　オマエ、あの家の人たちが襲われるとは思わなかったのか？」

「そんな！　だって、あの鬼は僕を脅かすだけで――」

「でも俺には襲い掛かってきた。取り返しのつかない事態には絶対ならないって言えんのかよ。……あの家の人たちのこと、本当は好きなんだろ」

「……それは……」

「あれはオマエの恐れが産んだ呪いだ。俺の考えてること、全部お節介《せっかい》だったらそれでいいんだ。でもな……もし、もしオマエが本当はあの家に帰りたいんだったら、手を貸してくれ。オマエの帰る場所が、なくなっちまう前に」

ブランコから降り、虎杖は海里の正面に立った。

スポットライトのような街灯の光を背に受けながら、虎杖はその手を差し伸べる。

「情けねぇ話、たぶん俺だけじゃ倒しきれねぇんだわ。あの鬼」

「…………」

時計の針が、ちょうど夜の九時半をさすころ。

差し出された虎杖の大きな手を取って、海里はブランコから立ち上がった。


帰り道は駆け足だった。

海里の胸に、虎杖の言葉が引っかかっていた。——あの家の人たちが襲われるとは思わなかったのか——その言葉が何度も胸の中で反響するうち、気づけば海里の方から走り出していた。

冷たい空気に咳《せ》きこみ、心臓が早鐘を打つ。

暗い夜道に、いくつもの不安がよぎる。虎杖に襲い掛かった鬼の姿と、自分を引き取ってくれた家族の顔が、交互に脳裏を駆《か》け巡る。

何度目かの角を曲がると、見慣れた路地へと走り出た。

あとは真っすぐに駆けていけば、目的の家へ辿りつく。

しかし――。

「い、虎杖さんっ……」

「マジかよ、デカくなってやがる」

家に近づかずとも、その姿がはっきりと確認できた。

ビーチボール大だった鬼の身体は、今やワゴン車ほどの大きさへ肥大化していた。

『もぉおおぉおぉおぉおいいぃいぃいぃいぃいがぁあぁあぁあぁあい』

太く大きな両腕は、道を塞《ふさ》ぐように広げられ、瞳のないその顔は、二つある口をギリギリ嚙みしめて、威嚇《いかく》するように歯を剝《む》いている。

虎杖にはその理由が、なんとなく分かっていた。この呪いを産んだのが海里なら、畏れに応じて呪いは強大になる。

家へ帰るということに向き合った海里の、膨らんだ恐怖。

それが呪いをいっそう強くしている。

「や、やっぱり無理だよ！　僕にはできない！」

逃げ出そうと振り向く海里を、虎杖は捕まえない。

ただ、背中越しに、その背へと声をかける。

「それでいいのかよ」

「だって、だって！」

「怯えて、逃げて、そうしてるうちに本当に帰る場所が無くなっちまっても、それでいいのかよ！」

「――っ！」

海里は逃げ出そうとした足を止め、恐る恐る、再び道の先を見据《みす》える。

そこには、相変《あいか》わらず巨大で醜悪《しゅうあく》な鬼の姿。身体の底から湧き上がる恐怖が、逃げろ、逃げろ、と叫び続ける。

しかし、次の瞬間見えた光景が、海里の思考を吹き飛ばした。

「海里っ！」

鬼が腕で遮るその向こうに、あの女性がいた。

偶然ふらりと散歩にでも出たのかもしれない。もしかしたら、虎杖との遭遇《そうぐう》による心境の変化。海里を迎えに行くために、家を出て来たのかもしれない。

どちらにしろ、今その場にある事実ははっきりしている。

彼女が鬼の傍《そば》に立っていること。

そして、鬼の興味が虎杖たちから、その女性に向いたらしいこと。


「母さんっ！」


何一つ、考える暇などなかった。

弾かれたように、海里は駆けだしていた。

逃げるためではない。その足は真っすぐに、家の方角。

〝母さん〟と呼んだその人の方へと、走っていた。

『もぉおおぉぉぉぉおおぉぉぉぉいいぃぃぃいぃぃかぁあぁああぁああい』

女性の方へ向きかけていた鬼の視線が、再び海里を捉えた。

正面から相対する呪いのプレッシャーは、常人にとって悪夢にも等しい。

それでも海里は止まらなかった。
向き合った鬼の恐怖よりも、母親と呼べた人を失うことが、何よりも恐かった。
勢いづいた足は、大地を蹴り飛ばすようにスピードを上げた。
辺りを満たす闇を振り払うように、帰り道を駆け抜けた。
そして――。
『もぉぉおぉぉおぉぉいぃぃいいいいぃぃかぁぁああいぁあぁあああい』
「ああ――、もう良さそうだ」
風のように速い影が、海里を追い越した。
呪力を籠めた右腕を振りかぶる。
今度は攻撃を避けてから、なんて悠長《ゆうちょう》なことは言わない。
最速で、最短で。アスファルトを力強く踏み切って。
眩《まばゆ》い月下に、虎杖が跳ぶ。

「――――逕庭拳」

勢いを乗せた拳が、鬼の顔面を叩く。

丸太のように肥大化した鬼の腕は、弧を描く形で振るわれたが、とても虎杖の攻撃に間に合わなかった。

『もぉぉおぉぉっ、いっ』

呪力が鬼の身体を穿つ。

その巨体からは意外なほど、呆気なくその身体は弾けてしまう。まるで風船が破裂するように、萎《しぼ》みながら飛んでいく。

道を塞いでいた呪いの壁は、呪術師の一撃によって剝《は》がされた。

悪夢のような夜は、それで終わり。

さえぎる物の無くなった道で、親子はようやく再会を果たした。

「母さんっ……！　母さん、かあさん……っ！」

「海里……ごめんね。寂しかったでしょう……」

それまでの時間を取り戻すかのように、海里は〝母さん〟を呼び続ける。

全てのわだかまりが解けたとは言えないのかもしれない。

けれど少なくとも、もう海里が公園で時間を潰すことはないだろう。

「本当にありがとうございました、虎杖さん」

「いいって。んじゃ、父ちゃんとも仲良くな」

数分か、数十分か。

道端でのやりとりの後、海里は何度も何度も虎杖に頭を下げてから、ようやく家の中に入った。

今度は一人ではなく、母親と隣り合って。

その後ろ姿に、虎杖は胸が苦しくなるような、泣きたくなるような気持ちを覚えたが……今はただ、救えた人の、その姿を見送った。

母子の姿が見えなくなってから、ふと道端に目をやると、ビーチボール大の何かが転がっている。

「こいつ……」

一瞬の警戒を、虎杖はすぐに解いた。

既に瀕死《ひんし》のその鬼は、目のない顔で虎杖の方を見る。

縫い合わされた唇が、少しずつほつれて、開いていく。

「海里は帰ったよ、ちゃんと」

虎杖が声をかけると、鬼はぴくり、と肩を震わせる。

そして口しかないその顔で、にぃ、と満面に笑顔を作って、消えた。

戦いの喧騒も、すれ違った母子も、鬼の姿も全てなく、その道は本当の意味で、夜の静寂に包まれる。

「…………海里の婆ちゃんだったのかな、もしかして」

確証はない。

けれど、だとしたら本当に、ダイナミックな婆ちゃんだったんだな、と思う。

それ以上に愛していたのだな、心配していたのだな、と思う。

「俺もあんまり、爺ちゃん心配させねぇようにしないとな」

戦う理由は自分で決めた。

けれど遺言《ゆいごん》を忘れたわけではない。

この手で助けられる誰かは、きっとまだまだいるはずだ。止まっている暇なんてないはずだ。

そう思うと、虎杖は自然と夜道を歩き出していた。

「いや、爺ちゃんだけじゃねぇか」

虎杖が思い出すのは、一度は死んでしまったあの日のこと。

伏黒《ふしぐろ》はどんな気持ちだったろうか。

釘崎《くぎさき》は悲しんだだろうか。

良い気持ちではないに決まっている。虎杖は、それをよく知っている。

「――帰らなきゃな、俺も」

きっと元気な姿を見せよう。

心配ないよ、と明るく笑おう。

今度はもっと強くなって、この手をずっと遠くへ伸ばそう。

決意とともに、虎杖の足は帰路へ向かう。いくつかの寄り道から、あるべき場所へと進み出す。

長い長い虎杖の散歩は、そうしてやっと終わりを告げた。

■初出
呪術廻戦　逝く夏と還る秋　書き下ろし

[呪術廻戦] 逝く夏と還る秋

2019年 5月 6日 第1刷発行
2021年 4月 30日 第13刷発行

著　者／芥見下々 ◉ 北國ばらっど

装　丁／石野竜生 [Freiheit]

編集協力／株式会社ナート　中本良之

編集人／千葉佳余

発行者／北畠輝幸

発行所／株式会社　集英社

〒101-8050　東京都千代田区一ツ橋 2-5-10
TEL　03-3230-6297(編集部)
03-3230-6080(読者係)
03-3230-6393(販売部・書店専用)

印刷所／図書印刷株式会社

Printed in Japan　ISBN978-4-08-703476-9 C0093

検印廃止

JUMP j BOOKS：http://j-books.shueisha.co.jp/

本書のご意見・ご感想はこちらまで！

http://j-books.shueisha.co.jp/enquete/